静心集

徐文新 著

中国社会科学出版社

图书在版编目（CIP）数据

静心集 / 徐文新著. —北京：中国社会科学出版社，2014.11
ISBN 978-7-5161-5112-9

Ⅰ. ①静… Ⅱ. ①徐… Ⅲ. ①时事评论－中国－文集
②杂文集－中国－当代③散文集－中国－当代④诗词－作
品集－中国－当代 Ⅳ. ①D609.9-53②I217.2

中国版本图书馆CIP数据核字(2014)第267563号

出 版 人	赵剑英	
责任编辑	王 斌	
责任校对	姚 颖	
责任印制	李寡寡	

出版发行	中国社会科学出版社
社　　址	北京鼓楼西大街甲158号（邮编 100720）
网　　址	http://www.csspw.cn
	中文域名：中国社科网　　010—64070619
发 行 部	010—84083685
门 市 部	010—84029450
经　　销	新华书店及其他书店

印刷装订	三河市君旺印务有限公司
版　　次	2014 年 11 月第 1 版
印　　次	2014 年 11 月第 1 次印刷

开　　本	650×960　1 / 16
印　　张	15
字　　数	147 千字
定　　价	45.00 元

目
录

说在前头

先说书名，为何叫"静心集"。

我禀性喜静，一壶清茶一本书，沉浸在作者的情怀与意境之中，惬意而安详，很是幸福。如能纵情山水，漫步古刹，吟诗作赋，更是求之不得。李白爱酒，他宁愿"五花马，千金裘，呼儿将出换美酒，与尔同消万古愁"，我也喜欢喝几杯，可相比较而言，我更愿意："但得心灵一分静，宁舍五花千金裘"；纳兰性德伤悲，他的悲在于"一日心期千劫在"，"唱罢秋坟愁未歇"，而我的体会是，"人到至静无心在"，"何恨千劫愁不歇"。

但人生不如意十之八九，我又偏偏是个"劳碌命"。从参加工作那天起，便终日奔忙，为工作、为亲朋、为应酬，甚至为那些未曾谋面的人。没完没了，不得清闲。我这大半辈子工作过的单位，也大都不省心，始终处于必须全身心投入的状态。即使退休了，肚子里还是那副热心肠，谁有事找到我，依然是奔前跑后，倾力相助。还是那么忙。

几十年了，唯一能让我享受一份宁静的，是晚上十点以后。没了电话，没了客人，我便把自己关进书房，看看书，写写字，听听京剧。这是属于我的世界。我的诗词大都是在这个时间酝酿或写作的。

当夜深人静、万物空寂的时候，我畅游在楚辞汉赋唐诗宋词的妙境之中，似乎与某个时空或某个古人在对话、在交流，空灵而飘逸，清雅而深邃，凄美而悠长。那份畅然，让文字和语言苍白，非心处至静而不可得。

说起来，在收录本集的三十五首诗词中，我最喜欢的还是那首《凤凰湖》。这是我第一次去宁波东钱湖的福泉山时写作的。那里，阳光下万亩茶山所特有的恬静，让我恍若梦中，似曾相识，又那样陌生。也许，这份宁静才是我一生想要的东西，也只有在这样宁静的环境中，我才可能知道我是谁，我应当怎样生活。

有朋友问，你既然那么忙，那为何不叫"求闲集"？我说：人生在世闲与不闲，大都是自己不能掌控的，也是求不来的，每天一大堆事摆在那儿，总得去做吧。但自己的那颗心则是可以把握的，心静是可以求得来的，身动并不等于心动。如何在繁忙的工作和社会交往中，除躁气，求心静，一直是我的愿望与追求。故曰"静心集"。

次说这些诗词，我和它们的缘分。

我不是诗人，也不是词家，学的也不是中文专业。我和诗词的缘分，完全是"被喜欢"的结果。望各位方家千万别把我当作诗人来看待。不过是自娱自乐而已。

我外公是位乡绅，很有学问，尤以诗词和书法见长，治家极严。外公一生只教书，不做官。我记得老人家高兴了，经常吟诵他的五绝后两句："八荒爷自在，登高数风流。"这就是他的一生。

在我刚上小学的时候，外公就逼着我描红写大字，听他读论语、讲老子、说庄子。我听不懂，就会打瞌睡，外公就打我的手板。九岁那年，外公开始教我唐诗宋词，一次讲上一两首，大约讲了三年多，慢慢地我也就喜欢了，不用外公逼着也自觉了。等我上中学的时候，已可以自己填词写诗了。那时正是青春勃发的年龄，填写的大部分是爱情题材，虽不深刻，却也纯真。可惜的是，那时的作品大都丢失了。从那时起，我便停不下来了，遇到什么让我感动感慨的事，就用诗词表达出来，几十年下来，也写了二百多首。当然，大部分都是即兴之作，自己写给自己看，拿不出手的。

诗词在格律、音韵和对仗上，有极为严格的要求，没有几十年的功底，真的不敢说懂了。我自知没有这种功底，属于纯业余的，就是喜欢。所以，我从来不刻意地去创作诗词，大都是因为遇到了某件事，或读书的某种感慨，或看到某种社会现象的感受，就按照诗的格律和词谱，把它们表达出来。在格律、音韵和对仗上，只求大体不差，不究细节。在手法上尽可能少用典故，多用白描，力求不用注释就可以看得懂，但又不失诗词的味道。对我自己来说，图的是一种情感的宣泄、一种表达的痛快、一种自我满足。当时并没有想要发表出来给大家看。

相比较而言，我更喜欢词，所以填的词也比写的诗多。这一方面缘于外公的影响。小时候他给我讲诗词的时候，侧重的也是宋词，那里面有很多典故，外公就当故事讲给我听。因为每个典故都涉及一段历史，外公通常会把有关历史再讲一讲。这样就比较有趣了，我也喜欢听。祖孙俩坐在炕桌的两边，一问一答，我经常刨根问底儿，外公则有问必答，滔滔不绝。时间一长，也就形成了对词的偏爱。

另一方面，词这种形式也比较贴近我的性格，长短句，更易于对情感的表达。尤其是长调慢词，在情节上铺展得开，吟诵起来也比较上口，很好听。如果有作曲家感兴趣，还可以作为歌词，还原它原本的属性。对青少年来说，也更容易接受。另外，填词偷不得懒，哪个字是平，哪个字是仄，哪句是长句，哪句是短句，都马虎不得。五言七言诗，虽然也有严格的格律要求，但写作中一不留神，就容易写成顺口溜或打油诗。所以收入本集的也是以词为主。

我也写新诗，自由体的，只是数量比较少。这往往是某种情感表达的需要。比如前面提到那首《凤凰湖》，就是用自由体写的。这首诗的主题是写凤凰湖之静，如果用律诗或词的规制来表达，总觉得不畅，那种"至静"的感觉和静的本质，难以淋漓尽致。而用自由体写出来，感觉就大不一样了，也容易理解。我把部分诗词拿给一些年轻朋友看，他们都说喜欢这一首。这也是新诗的好处。

再说这本集子，为什么要出版。

十几年了，朋友们一直鼓动我出一本诗集，我始终没有动心。一是自知粗浅，难以示众，又恐贻笑方家。二是当代没有多少人喜欢诗词，出版了也没什么人看，也就没了动力。退休后，我却有了新的考虑，决定还是把它出版了。

我是这么想的，每个人的一生，都应该给子孙留下点有价值的东西。那么我能留下点什么呢？留钱？我是靠工资吃饭的，一生的积蓄又能有多少钱，留与不留，意义都不大。儿孙自有儿孙福。留房产？我认为这最不靠谱了。一次地震，一次拆迁，甚至一场战争，抑或什么别的原因，都足以让它化为乌有。不说远的，就说民国时的豪门大宅，又有几栋是他们子孙住着的。留下点什么辉煌业绩？那是伟人们的事。咱们这些普通公职人员，工作上那点事，好也罢坏也罢，随着你退休，也就都翻过去了，用不上两年，什么都忘掉了。况且即使有些成就，也都是集体领导、大家一起做的，个人无物可留，也无须放在心上。事业自有后来人。

就这样想下来，我能留给子孙的，也就是几本自己写的书了。以前虽然也主编或参与写了不少书，但那都是工作上的事。真正属于自己的，除了《构建党的青年群众工作新格局》和这本诗词散文集，还有一部写易经方法论的《云水间随笔》正在写作中。把它们出版了，留给子孙，不仅可以让后代了解我的思考和情感，以及经历过的一些事，或许还能对子孙起到些激励作用，影响他们的人生。如果能够一代一代地传下去，也算是一件有意义的事了。说句喝高了的话，就算作"诗书传家"吧！

当我在整理这些诗稿的时候，发现当时写的一些背景资料，也很有意思。如果作为注释放在后面，显得有些拖沓，况且很多是议论，作为注释也不合适。如果弃之不用，又觉可惜，那毕竟是我写诗填词时的所思所想。于是，我决定拿掉一部分诗词和全部注释，而把当时的背景资料写成短文，配在相关诗词的后面，形成一诗一文或几诗一文的格局。这样，内容会显得丰富些，形式也更多样，可以增强与读者的沟通与互动。同时，由于诗词固有的"含蓄"和"意内而言外"的特点，配上这些短文，也许对读者体会诗词的意境有所帮助。

我在《十恋——诗歌的绝境》（宇文珏著）的序言中写道："泱泱中华五千年，楚辞汉赋、唐诗宋词为人类所独有。因此，古诗总要有人传承，新诗更要发展，史诗理应再现。这同样是我们的责任。因为诗亦有道。"读诗即是悟道。

承蒙著名书法家李海峰先生题写书名，文新顿首致谢！同时也由衷地向李健、徐辛酉、刘杨表示感谢！他们为了出这本书，帮了我不少忙。但愿他们的付出，能够在阅读中得到补偿。

作 者

2014年3月30日于北京

凤凰湖

慢慢地，走近你。
哪怕树叶的飘落，
都会惊扰你的静寂。
默默地，注视你。
哪怕瞬间的移动，
都会错过你的绮丽。
轻轻地，抚摸你。
哪怕一丝的用力，
都会扭曲你的涟漪。
深深地，眷恋你。
哪怕片刻的疏离，
都会失去你的慰藉。

在蒸腾的红尘中，
你恬静地自守着，
那灯红酒绿的飘逸。

在激扬的巨变中，
你安详地注视着，
那沧海桑田的崎岖。
翠柳碧波荡漾，
你从不与春争奇。
瓜果金浪飘香，
你从不与秋争实。
万水奔腾向海，
你从不与河竞驰。

你虽然无声，
却给予我无尽的启迪。
你虽然无力，
却带我走进悟的世界里。
你虽然无热，
却让我拥有涵容的温池。
你虽然无澜，
却拨动我心灵的旋律。
我愿意，
永远活在你的躯体里。
我期待，
将生命与你融为一体。

静者乐智

1978年我调到北京工作，其后的那几年，是在心浮气躁中度过的。所以我对静的体会与追求，就会有一种切肤之感。

那几年，我和现今的青年一样，有着太多的想法与困惑，比如是留在北京工作，还是回家乡工作；是辞职报考大学，还是继续工作；是继续在学校教书，还是调进国家机关，等等。这些想法是现实的，又是理想的，是相互矛盾的，又是有时间性的。有时容不得你多想，机会就错过了。这时候又会悔意顿生，深陷自责。等下一个机会来了，又会陷入新一轮的两难选择。如此折腾了好几年，把自己搞得心浮气躁，难以安下心来工作。领导批评我患得患失，同事们说我刚愎自用，而我自己却自责无能。

有一次去看望老乡，他是一位已经离休的老干部。聊天中他说了一句话："吟诗能降浮解毒，读书能静心安神。"我似乎不解，便对他老人家说，我从小就吟诗作赋，现在当老师，更是离不开书，为何还如此心浮气躁？老人家顺手拿起茶几上的书，读道："知止而后有定，定而后能静，静而后能安，安而后能虑，虑而后能得。"我后来知道，这是《礼记》里的一段话。他接着说：你过去吟诗读书，是无心于书，而有心于作；以后你尝试一下有心于书而无心于作的感觉。有心则不静，不静则难安。如今老人家虽已作古，但这番话却开启了我人生的转折点，成为我终身受用的教诲。

从这以后，"何谓静"便不断在我的脑海中盘旋。渐渐地我有所领悟。于是，便有了这首诗。以凤凰湖为喻，抒发了对静的感受与追求。

所谓静，并不是整天什么都不说、什么都不做，坐在那发呆，或昏昏欲睡；也不是身子终日端坐，寂无一语，而心却动扰飞扬，妄念不断。这都不是真正意义上的静。对于静古人多有论述，佛道两家更是不绝于卷。我对明代吕坤在《呻吟语》中的界定颇有感触："意渊涵而态闲正，此谓真沉静。"他认为，虽然在千军万马的相互攻击之中，或在喧嚣杂乱的环境中，不为其影响，依然能气定神闲，这是真正的静。

仔细想来，这里面就生发出了动与静的关系。从一般意义上说，这二者的关系是静生动长，也就是易经所说的动消静息。息则生，生则动，动则消，消则息。但具体到一个人或一件事情上，这个动，还要分别出是身动还是心动；这个静，还要看是身静还是心静了。

表面上看起来，你在忙忙碌碌地工作着，一刻也不得清闲，但你的心是宁静的，不急不躁，气定神闲，有条不紊，这叫身动而心静；表面上看，你端坐如常，或悠然品茶，或手不释卷，但你的大脑却在飞快地运转，或思想火花不断闪烁，或胡思乱想、做白日梦，这叫身静而心动。那么这二者是不是不分主次、平分秋色呢？显然也不是。从人的生理构成和从生到死的过程来看，静应当是主要方面，静是动之母，而动则是一种常态，即"静中所得，动处中用"。静中所思，指挥并决定着你的行动。正如吕坤在《呻吟语》中所言："'静'之一字，十二时离不了，一刻才离便乱。门尽日开阖，枢常静；妍媸尽日往来，镜常静；人尽日应酬，心常静。惟静者，故能张主得动，若逐动而去，应事定不分晓。便是睡时，此念不静，作个梦儿也是胡乱。"

静和动的这样一种关系，也告诉我们更深的一个道理，即静是相对的，动也是相对的。人的身体虽然处在相对静止的状态，但你的思想仍在运行，这身体的静，便不是绝对的静；反之也是如此，你的身体在动，但你的心是沉静的，这动也不是绝对的动。

比如我们常说的"生命在于运动"。但是对于这个"运动"，大多数人仅仅理解为身体的运动，如各类体育运动，这是"显运动"，可以看得见的动。那么思维活动是不是"运动"，当然也是，这是"潜运动"，我们看不见的。人的思维活动所消耗的热量和能量，一点都不比体育运动少，只是所用非处、所得非彼而已。其实，无论是人，还是一座山、一块石、一棵树、一根草、一条河、一滴水，宇宙万物每时每刻都在运动。无非是人的肉眼看不见而已。

话再说回来，无论是身体的运动，还是思维的运动，归根到底又都是出于静而又入于静。正如人心之理一样，也都是发于静而又归于静。动是一个过程，而静则包括自省或反思。比如一暴肆之人，有时也会良心发现，做一两件好事，这是入于静的结果；而一个善良之人，有时也做出对不起别人的事，但事后却追悔莫及，这是归于静的结果。正如宋代苏洵在《辨奸论》中所云："事有必至，理有固然。惟天下之静者，乃能见微而知著"，"静者，万化之枢机也"。

人世间的事，大都是话好说、践行难。这动是个常态，而这静却非求而不可得。你想啊，人生在世，日有昼夜，月有圆缺，风雨雷电，冰雪霜冻，喜怒哀乐，酸甜苦辣，大病小灾，好事、坏事、烦心事，哪一样都是静的克星。人要求个静，着实不容易。即使是那些出家人，要修出个静来，也得几十年的工夫。

那么再具体一点说，又是什么让人心浮气躁而不得静？一曰欲，人生而有欲，本性者也。天下没有无欲之人。有欲必有所求，求必有所动。求的东西得到了，自然很高兴，可是又想得到更多，更好。于是便会有更大的动，甚至不择手段；求的东西没有得到，便会心生怨恨，或自叹命运不济。要么铤而走险，要么自暴自弃。心又如何静得下来。二曰情。人生有欲便会生情，古往今来不知有多少人为情所困，心情生腾，躁气弥漫，不得片刻宁静，不要说事业不成，即便是身体也搞得病恹恹的，跟"林黛玉"似的，虽然荣华富贵，却也没有半点幸福可言。三曰非。人生是是非非，断是少不了的。或家庭里，或工作中，或人际间，大事小情，家长里短，真的是"剪不断，理还乱"，让人躲不开、避不掉，犹如魔鬼缠身。倘若你堪不透，逐是非而流，那你想不心浮气躁都不可能，又何来宁静。

由此可见，这"欲情非"又是人之常情、人生常态，要彻底剪断这一切，并非易事。要不然那么多人出家修行，读了那么多佛经，念了那么多遍"南无阿弥陀佛"，又有多少人得道成佛的。对于我们这些凡夫俗子来说，唯有在静中节制欲望，在静中纯洁情感，在静中辨析是非，方是个可行的法子。古人云："静极则心通。"人世间很多事，只有在静思中，才能想得明白，虑得远见，生发智慧，宁静快乐。而在心浮气躁之中，急功近利，急于求成，往往会误事、坏事、败事。有些事很矛盾、很纠结，或百思不得其解，而静到极致，也就自然想通了。天地间多少真滋味，只有在心平气和的状态中，方能品尝得出来。比如对茶、对酒，豪饮者，又能尝得出什么，无非是个水饱。浩瀚宇宙、茫茫人世又有多少真知妙理，深玄机括，只有宁静者能看得透、堪得破，而终身受用，或造福于子孙。而心浮气躁、追名逐利者，何能窥得一知半解，偶得一皮毛便当作大学问，到处兜售，企于一举而成名。就说这崇山峻岭、江河湖海，没有一个静字，又能看出个什么名堂，其中的无上妙用，又如何能品尝得到。可见，人生在世，一个"静"字何其了得。

静的作用，如此之大，好处如此之多，那又如何求得到静呢？佛道两家自成一说，无须多述。吕坤在《呻吟语》中讲到了"五法"，看后颇有体会。"宁耐是思事第一法，安详是处事第一法，谦退是保身第一法，涵容是处人第一法，置富贵、贫贱、死生、常变于度外，是养心第一法。"在这里，静与事显然是互为条件的。只有在宁静忍耐的状态下，才能比较好地思事、处世、处人、保身、养心，而这一切做得好，又会让人保持在宁静安详的状态之中。唐高宗时有个长寿老人叫张公艺，九世同堂。这恐怕是人类有史以来，唯一的"九世同堂而居"。唐高宗对此是又羡慕又好奇，就派人去向这位老者打听长寿秘诀。张公艺别的什么都没说，只写了一百多个"忍"字呈上。只可惜当皇帝的又如何忍耐得住、静得下心，所以大都不寿。

这都是古人的高见。就我个人在克服浮躁之气过程中的体会而言，概括起来说，就是因其本然，处之淡然，顺其自然。"自然者，发之不可遏，禁之不能止"。

所谓因其本然，是说为人处世的基本依据，要有自己的原则，要遵循客观规律，从事物的本然出发，既不能以人之好为好，也不能因人之废而废；既不因兴而舍本求之，也不逆其本然而自高；既不勉强为之，也不逞强求得。而是按照客观规律和职责要求，扎实而努力地做好自己该做的事，心安理得。渴了喝水，饿了吃饭，不废时，亦不求时。

所谓处之淡然，是说在为人做事的过程中，只是把自己该说的都说到，该做的都做好，置名利于度外；享受过程的快乐，收获过程的幸福。至于结果先放一边，至于别人接受不接受，或者是怎么想的、怎么评价的，都不必在意。在过程中，人家不接受你的观点，不见得就做不好工作；他今天想不通的事，明天也许就能想通。对领导对下属，都应当是这么个态度。正如吕坤所云："上交则恭而不迫，下交则泰而不息，处亲则爱而不狎，处疏则真而不厌。"这是个真功夫。

所谓顺其自然，是说对待为人处世的结果，不可强求，或者一定要怎么样，不达目的誓不罢休。因为个人努力是主观的，而结果则是多种客观因素构成的，不是哪个人所能完全决定的。其实事情的结果并非唯一。塞翁失马，焉知非福。短期看是个好结果或坏结果，但从长远看或历史地看，往往并非如此。所以，万事急不得。急于求成的结果，大都长不了。"天下之物，纾徐柔和者多长，迫切躁急者多短。故烈风骤雨无崇朝之威，暴涨狂澜无三日之势，催拍促调非百板之声，疾策紧衔非千里之辔。"世间很多事，你越是急成、越是强求，反而事与愿违。即使眼下得到了、成功了，因违于自然，将来所付出的，必加倍于今天所得、所成。如所谓的"跨越式发展"，今天你是"辉煌"了，但子孙不知要付出多大代价，来给你擦屁股，还未见得能擦得干净。

客观规律是不以人的主观意志为转移的。无论是无上权威的皇帝，还是耕耘于田的农民，在客观规律面前都是一样的。我们所求的，只是全身心做好自己应该做的，至于什么结果，那是多种客观因素所共同决定的。这些因素有些是主观意志可控的，大部分是人的主观意志所不可控的。就像"人定胜天"作为一句口号鼓舞斗志，亦无不可，但却不能当真。不要说浩瀚无际的宇宙，就连这雾霾和地震，也搞得全球束手无策。假如前些年我们少一点"跨越式"，也许今天就不会"灰头土脸"。

故曰：静能净心，静能安神，静能生智，静能喜乐，静能虑远。

母　亲

雪夜昏灯归愫切，村头白发盼儿声。
炊烟三起盘中冷，泣问征尘几许行。
游子哀思慈母日，归林倦鸟有人疼。
膝前敬欲多行孝，天上人间已不能。

寸草心

这首七言律诗《母亲》，是母亲去世三十周年忌辰那天写的。算作是对母亲的祭文吧。

我平素里最羡慕的，就是父母双全、子孙满堂的家庭，三世同堂，四世同堂，子孙绕膝，其乐融融。对于做子女的来说，这至少让我们还有机会孝敬父母、侍奉双亲。下班或者双休日回到家，还可以和父母一起吃个饭、喝喝茶、聊聊天，说说笑笑，甚至在父母面前撒个娇，装傻充愣，或倒倒不想为外人所知的苦水，或"炫耀"一下自己的业绩，或躺在母亲腿上睡个安稳觉。这一切都是人生极其珍贵而又无法找回的真爱与幸福。现在我已是三世同堂，子女孝敬，但由于父母过早地去世，我已没有机会再去体验这种真爱和幸福了。

所以，我对那些父母健在却不知珍惜的人和事，是无论如何也理解不了的。为了父母的房子谁继承，为了父母在谁家养老，为了父母的医疗费谁来付，子女间竟能大打出手，或厚着脸皮上电视吵架，甚至对簿公堂，个个理直气壮，滔滔不绝，都是别人的不是，就是不说父母的养育之恩，就是不讲自己的责任。更让人不解的是，就连"常回家看看"这原本人性中固有的情感，都闹到了要用法规来约束。自己整天是饭店酒吧歌厅，却经年不去看望一下父母，理由却十分充足，"工作太忙"。这不能不令人心寒。羔羊尚有跪乳之恩，乌鸦尚有反哺之义，人性的力量还在吗？

正因为这样，我对描写慈母的诗词尤为喜欢。比如唐代孟郊的《游子吟》："慈母手中线，游子身上衣。临行密密缝，意恐迟迟归。谁言寸草心，报得三春晖。"这是我九岁那年外公教我的第一首诗，至今不忘。每当看到这首诗的时候，便会想起我第一次离家上山下乡，母亲为我缝制棉衣棉裤的场景，棉花絮了一层又一层，针线缝了一行又一行，生怕远在深山的我冻着。六十年代全国饥荒，家家缺粮，人人挨饿的时候，我们家也是顿顿野菜粥。当时母亲在火车站商店工作，晚上下班回来，偶尔拿一小包饼干末子，悄悄塞进我的被窝，为的是不让妹妹看到，跟我抢食，而母亲只能在灶台前喝一碗野菜粥。她把所有的爱都给了自己的孩子。

还有清代蒋士铨的《岁暮到家》："爱子心无尽，归家喜及辰。寒衣针线密，家信墨痕新。见面怜清瘦，呼儿问辛苦。低徊愧人子，不敢叹风尘。"这首诗让我常常想起当年坐着硬座车，辗转四十多个小时回家过年的景象。和现今春节回家的打工者差不多，也是大包小包一大堆。那见面的情景与这首诗描写的几近相同，母亲总是捧着我的脸看看胖了瘦了，然后就是问在外面吃得好不好，睡得好不好，工作顺心不顺心。接下来就是把积攒了一年的好吃的，倾数拿出，生怕我吃得少。而我当时的心情，却总是觉得未能在父母膝下尽孝，愧为人子，真的是"不敢叹风尘"。到了快返回单位的那几天，父母的话语少了，但那眼神中分明写着"泣问红尘几许行"。后来父母都不在了，每到春节我便无"家"可回。虽然少了一番旅程的辛苦，却又多了一份心灵的空虚，心里总是慌慌的，不知怎么过，一直到现在都是这样。有时在电视上看到火车站回家过年的人们，心中便会有羡慕生成，他们虽然会很累，但毕竟有家可回。这正如老话所言：父母在哪，哪就是家。

还有一首《卖子叹》，是明代马柳泉的诗。现在虽然已少见这类事了，但那母子之情，读来依然让人心碎。"贫家有子贫亦娇，骨肉恩重哪能抛？饥寒生死不相保，割肠卖儿为奴曹。此时一别何时见？遍抚儿身舐儿面；有命丰年来赎儿，无命九泉抱长怨。嘱儿切莫忧爷娘，忧思成病谁汝将？抱头顿足哭生绝，悲风飒飒天茫茫。"母子连心，何忍割舍，实在是无法养活了，卖儿是为了活命。可见那时穷人家孩子的命运，是何等凄惨。

二十多年了，藏在我内心深处的悔意，就是父母尚在时，未能好好尽孝。这些年生活好了，也有条件了，但却"天上人间已不能"。人世间很多事情就是这样，当你拥有的时候，往往不知珍惜，等到真的失去了，又会牵肠挂肚，欲罢不能。

我从十七岁上山下乡离开家，一直到母亲去世，很少有机会在老人家膝下尽孝。在我调到北京工作前一年，母亲病倒了，而且很重，我背着母亲四处求医问药，但始终不见好转。1978年6月，来北京报到的时间临近了，我只能拜托朋友们关照，带着满腹的忧愁踏上了行程。那两年，我虽然不停地奔波于北京与家乡之间，尽一切可能在母亲身边多待几天，但毕竟不能天天守在老人家身边，这让我引为终身遗憾。为此，我时常会想起宋代"辞官寻母"的朱寿昌。七岁那年，他的生母被嫡母（父亲的正妻）妒忌，只得改嫁他人。从此五十多年母子音信不通。神宗时，朱寿昌在朝做官，曾经刺血写金刚经，行四方寻找生母，终于得到了线索。于是决定弃官到陕西去寻找生母。苍天不负有心人，在生母七十多岁时，母子终于重逢了。相比之下，真的让我汗颜。

那一天很冷，医生告诉我，母亲的病已无好转可能，让我们准备后事。这虽然在我的意料之中，但仍然无法接受。我在母亲床边坐了一夜，看着她那早已失去了光泽，但却依然略带微笑的脸，我无法判断，此时处于昏迷状态的母亲在想什么，或想和我说些什么。但老人家始终什么都没说，就这样安详地离开了我们。

后来我和妻子有了自己的孩子，才亲身感受到父母的养育之恩是多么厚重，把一个孩子养大，又包含着怎样的酸甜苦辣。多少个无法安睡的夜晚，多少次医院门前的彻夜排队，多少次校园门前的等待，又有多少次无缘无故的担惊受怕。记得儿子考大学那一年，早晨我送他去考场，到了楼下回头看去，妻子站在阳台上已是泪流满面。不过是一次高考，她居然如此牵挂，这就是母亲的情怀。

而这一切，我们的父母都曾为我们做过，只是我们慢慢长大了，有了自主自立的能力，反而渐渐地忘掉了父母为我们所付出的一切。甚至会觉得，父母为我们所做的，都是应该的。原本应该有的那份孝心，也随之淡化了。整天只知道忙于工作和事业，却疏于对父母的敬孝，而这将会随着时间的流逝，成为无法挽回的遗憾。直到现在也做了父母，那份孝心才慢慢地复苏起来，真的想用自己的一切，来补偿父母的养育之恩，守在父母身边克尽孝道。但对像我这样的人来说，已经再没有这样的机会了。这一切只能深深地留在我的悔意之中。

母亲出身于乡绅之家，虽未上过学，却非常聪慧，为人爽快，做事干练，从不拖泥带水，其性格和外公极为相似。在我的记忆中，家里的事都是母亲在操持，里里外外，整天忙个不停。当时我们家七个孩子加上父母和外公，十口之家一日三餐，都是母亲带着二姐来做。常常是父母还没有上饭桌，早已是风卷残云，吃得精光。每年春秋两季，母亲都要为这七个孩子的棉衣、单衣忙上个把月。那时家里是从来不买衣服的，都是母亲做。有时忙不过来，母亲的姐妹们也会来帮忙。孩子多了，每个月都会有大病小灾的，母亲常常是背一个抱一个去医院，回到家里又整夜不睡地照看着。看到现如今条件这么好，可是养个孩子又那么难，我时常恍惚，当初母亲是怎么把我们这七个孩子养大的，我所不知道的艰辛究竟还有多少。也许正是这一切，夺走了母亲的健康，五十九岁那年便离开了我们。如今我们这些儿女都过上了幸福美满的生活，但母亲却连一天的清福都没有享受过，直到她离开我们，甚至连一件新衣服都没有穿过。

母亲性格贞烈，治家极严。我是家中独子，但母亲既不宠着我，却也从不约束我的喜好，任由我自由成长。我小时候喜欢机械，经常把家里的闹钟、收音机拆了装装了拆。有一次我自己装了一个矿石收音机，但却接错了线路，结果一开电源，被电击了一下，手很痛，母亲只是默默地看着我重新安装。上初中的时候，我又喜欢上乐器，整天和一帮同学在家里折腾，什么二胡、笛子、手风琴、小提琴、月琴，都玩过。常常弄得四邻不安。对于这一切，母亲从不说什么，任由我去折腾。但如果家里来了客人我不打招呼，或听我说脏话，那一定是要严厉训教的。在我的记忆中，母亲对我的教育，最深刻的就是"男人不许哭"、"天大的事都得扛着"。有时我在外面被小朋友欺负了，母亲从不会找人家理论，也从不问我疼不疼啊什么的。每每都是那句话，"你是个男子汉"！这对我的影响极大极深。在我的人生旅途中，无论遇到什么难事，受了什么委屈，母亲的教诲犹言在耳，终身受益。

母亲天生一副热心肠，家里大大小小的事，邻里朋友的事，甚至是素不相识人的事，老人家都亲力亲为，东奔西跑，典型的热心肠。所以我们家随父亲工作调动，多次搬家，但每到一处，母亲便很快成为大院里的核心人物，无论男女老少有事，都愿意找母亲帮忙。直到她躺在病床上那几年，依然还在操心家里的事、邻居的事、朋友的事。老人家办不了，就让孩子们去办。有一次忘了什么事没办好，让母亲生气了，躺在病床上硬是不吃饭。没办法，我只好端着小米粥，在床前跪了一个多小时，母亲才消了气。

岁月沧桑，转眼三十五年过去了。年已花甲的我，依然在为朋友的事奔忙着。从这个意义上说，母亲没有走，她的生命价值在我的身上延续着。

满庭芳·师恩

　　绿染新竹，枯黄老干，舍身哺育初枝。老松摇翠，独挡雪压低。雏凤清声虽胜，却缘是，老凤传习。小荷角，花容水盛，莲藕出淤泥。

　　恩师，烛泪满，春蚕丝尽，犹力琢琪。皓发画彩虹，甘为人梯。梦里音容笑貌，书已旧，盈泪新衣。任桃李，蟾宫折桂，无奈报恩期。

为师之道

　　这首《满庭芳·师恩》，是2008年听说我的一位小学老师去世后填作的。也许由于我第一次上小学，是被老师打回家的，所以我对第二次上小学的这位老师，印象特别深。

　　在我的记忆中，老师在我们这帮孩子面前，总是微笑的，无论是课上，还是课下。尤其是课间时，我们在操场上疯玩，而她总是站在一边，微笑地看着我们，有谁摔倒了，她马上跑过去把学生扶起来，掸净身上的灰尘，擦干脸上的汗水，问一声疼不疼。所以对于我们来说，她更像是母亲。

　　每天早晨上学，她总是站在教室门口，微笑地迎接我们，或摸摸我们的头，或帮我们整理一下衣服，或问我们吃了早饭没有。在她的挎包里，总是装着馒头、饼干什么的，遇有没吃早餐的同学，就拿给他们吃，宁可晚一点上课。在全校的教室里，只有我们班有暖水瓶，是老师自己花钱买来给我们用的。遇有同学身体不适，她会冲上一杯白糖水给他喝。在我们眼里，老师的挎包是一个神秘的世界，好像什么都有，唯独没有现在女士挎包里常见的化妆品。

记得有一次我发烧了，是老师背我去的医院，又把我背回家，第二天又来家里看我。后来我才知道，那天老师的孩子也在发烧。虽然过去几十年了，但至今我仍能感受到老师背我奔跑时的喘息声，和那滴在手上的汗水。而我却永远失去了报恩的机会。我所能做的唯有向着家乡说一声："敬爱的老师，一路走好！"

也许是后来我也当过老师，所以我对那首《长大后我就成了你》感受尤深。无论是听别人唱，还是自己唱，每每都是热泪盈眶，哽咽难继，竟没有一次完整地唱下来过。歌词中那"放飞的是希望，守巢的总是你"、"写下的是真理，擦去的是功利"、"画出的是彩虹，洒下的是泪滴"、"举起的是别人，奉献的是自己"，每每都会把我带回少年、带回那间教室，那曾经的黑板、粉笔、书桌，还有老师的音容笑貌。

也许因为这样的经历和感受，所以我在填写这首词时，就对教育问题有了进一步的思考和体会。

南怀瑾先生曾多次说过："世界出了问题，因为百年教育出了问题。"而中国教育问题尤其多，并对此作了精辟的论述。同时，他亲手创办了"吴江太湖国际实验学校"，践行自己的教育理念和教育思想。那么，中国的教育究竟出了什么问题？我虽不是研究教育的，但也想说点自己的看法。

教而不育师之过。古人云："师者，传道授业解惑者也。"这三者以传道为先，传道就是育人。从这个意义上说，所谓的教育，就是既教书又育人，教而育之为师。权衡二者，又应以育人为本，教书是育人的手段或过程，育人是教书的目的。这原本已经成为人类的共识，在几千年的历史发展中，也不乏教书育人的典范。但现代教育却离这个共识越来越远了，只教书不育人，或重教书轻育人，或重知识和理论传授，忽视思维方式和能力的培育，等等。这肯定已不是个别学校的问题。

这其中，最要害、最薄弱的应是对思维方式和能力培育的长期忽视。因此，对于那些满腹经纶而不会应用，学富五车而不能创新的问题，也就容易解释了。又由此，对于那些在大学宿舍里投毒杀人、持刀行凶，以及跳楼自杀等事件，也就不难理解了。

如果把我国教育放在全球视野中进行比较，就会发现：我国教育整体过程所形成的知识理论储量和教学质量，并不比西方发达国家的教育差，在一些方面和领域还优于西方教育；我国学生对知识和理论的复述能力、应试能力，更是从总体上优于西方发达国家的学生；我国高校学生社团的数量和活动规模，也不亚于西方国家的高校；我国高中以上毕业生的知识和理论储备量，更不逊于西方发达国家。那么，我们的问题在哪里？从我国教育的内容和过程来看，从幼儿园到博士后，基本上都是以知识和理论传授为主的，而通过方法论教育培养科学的思维方式和能力，则长期严重不足，在某个教育阶段或领域甚至是空白的。这或许是我们应当面对的问题之一。

众多的科研成果，特别是脑科学已经告诉我们，相对于知识和理论而言，科学的思维方式和能力对于个体，具有更重要的长远意义。首先，知识和理论虽然都是事物规律的总结，都来源于实践，但知识和理论一经形成，便失去了某个具体实践的个别属性，而成为一定时空条件下具有普遍意义的抽象和概括。随着实践的发展，某些知识和理论便会陈旧。从这个意义上说，所有知识理论的形成，都是人在实践中思维活动的结果，而非实践本身。如果仅仅满足于知识和理论的传授，而忽视知识理论形成背后的思维方式和方法论教育，那么这些知识和理论便会很快失去对个性的指导意义。当学生走出校门后，面对新的社会实践，仍然不会运用科学的思维方式和方法论，去获取新知识新理论。

其次，知识和理论的传授过程，或者说老师的讲、学生的听，虽然有书本为依据，但也是一个主客体互动的思维活动过程。在这个过程中，由于老师与学生在思维方式上的差别，以及老师与学生在关注点上的不同，都会使传授知识和理论的过程，在总体上处于不对称和不平衡的状况。老师认为对的、重要的，学生往往不以为然；学生需要的、想学的，老师往往避而不讲。假如老师换个教学思路，把重点放在思维方式和能力的培养上，而把学习知识和理论的自主权交给学生。也就是说，学生从老师那学来的是思维方式和方法论，然后再运用这种思维方式和方法论，去学习、掌握知识和理论，那结果会有很大不同。这就是"学会学习"所要解决的根本问题。

其三，知识和理论的应用，本身也是人类思维活动的过程。因为任何一种知识和理论，都不能主动地直接作用于实践。理论与实践的中间必需一个中介或桥梁，或者称之为整合转换机制，这就是以方法论为中介的人的思维活动过程。

人既是掌握和运用知识和理论的主体，也是实践的主体，而人对理论的掌握、运用以及实践的过程，都自始至终地贯穿人的思维活动，离开了具体的人的思维活动和主观能动作用，便无所谓对知识和理论的学习与应用。

由此可见，教育以育人为本，首先要育的或贯彻始终要育的，就是科学的思维方式和能力。因为学生总是要离开老师的，总是要独立学习和做事的。假如他具备了科学的思维方式，他就学会了学习，也就掌握了运用知识和理论独立判断和创新的能力。知识和理论是发展变化的，而思维方式是管人一辈子的。

目标单一与人生多样。生活中，经常听到或看到老师们讲自己学校的培养目标，大都是高度概括和抽象的表述，而且具有高度的统一性和一致性。给人的感觉，就是要把原本千差万别的学生按照学校的目标，培养成完全一样的人。我们可以这样表述，但事实上这是完全不可能的。纵观人类教育史，似乎也找不到这样的先例。一个母亲养育的孩子，尚且差别很大，更何况外在的教育。这个道理谁都知道，但却偏偏要那样表述，似乎不说得很高很大，不体现高度的统一和一致，就比别人矮了三分。

孔子算是中国教师之祖了。他一生从未给学生上过什么大课，大都是谈话、对话式的教学；也没有写出什么鸿篇巨制，其传世之作《论语》，也是由学生们整理而成；他对学生也没有什么统一的培养目标，而他教出来的学生做什么的都有。苏格拉底可以算是西方教师之祖了。他和孔子差不多，也不对学生提出什么统一的培养目标，他的教学也都是对话式，他一生也没留下什么大作，《对话录》是他学生柏拉图整理出版的。而他们都培养出了一大批杰出的人才。这表明，任何意义上的教育，都是个性化的教育，正所谓因材施教。离开了具体的人，离开了个性化的教育，任何高度统一的培养目标都是空洞的，也是永远无法实现的。

人生一源而百态，天下同归而途殊。多样性是大自然的基本形态。自然中的一切要素，都具有自己的价值和不可替代的作用，也都有自己独特的生存方式和发展方式，但它们又从来不排斥其他的存在方式和发展方式。森林不因小草而自大，小草不因大树而自卑，大海不因污垢而不纳，百花不因竞艳而求强。大自然中几亿种微生物、生物、动物、植物，就是这样彼此和谐地存在着、竞争着，共同推动自然的演化，从而走向更高的层次。

其实，人也是一样的。多样性也是人类存在的基本条件。也就是说，人和人生必然是千差万别的。虽为同一家庭，虽为同一地域，虽为同一学校，虽为同一老师，但人生的经历，人生的选择，人生的追求，总是多样的，并且是极为复杂的。这种多样性，是任何一种高度统一的培养模式都无法涵盖的，因而也必然使其无法实现。假如我们的目标是把学生都培养成杰出的政治家，那肯定是天下大乱；假如我们的目标是把学生都培养成科学家，那我们就得饿死；假如我们的目标是把学生都培养成教育家，那讲台下听课的人就会比讲课的人少了。

更为重要的是，高度抽象并统一的培养目标，往往给学生造成人生选择上的迷茫，或者是一种两难多难的困境。因而会在一定时期内失去人生的方向，表现出相当的浮躁、焦虑和困惑。因为他们在校期间，始终无法确定自己会成为一个什么样的人，怎样成为这样的人，以及为什么要成为这样的人。从这个意义上说，人是多样的，那么教育目标也应当是具体的、多样的和现实的，并且要把目标的选择权交给学生，而学校提供的不过是一个选择和教育的平台。

教师职称评定，应以育人为标准。现在高校教师职称评定，都以学术成果为主要标准。把发表了多少论文，出版过多少专著，而且要看是什么期刊发表的，什么出版社出版的，又有什么样的高人作出过评价等作为指标。至于教学课时，不过是个参考。至于育人，则少有体现。对此，我常感不解，但又怕自己太浅薄，就此请教过不少专家。按专家们的说法，如果是一所研究性大学，这种标准也许还说得过去。但对大多数普通高校来说，就确实令人费解了。

任何一种标准，都是一个价值导向。你的标准定在哪里，人们就会往哪追求。因为职称毕竟是事关个人利益的大事。且不论对错，如果以学术成果为职称评定的主要标准，那就必然会导致教师们重学术研究，而轻教学质量，也就会把有限时间和精力都用在学术研究上，而对教书上课则多为应付了事。那种一本讲义十几年不变，或照本宣科，老师在上面讲、学生在下面睡或玩游戏的状态，在高校里并不少见。而校方不仅不在改变教学价值导向上下功夫，却反过头来去处罚睡觉或"逃课"的学生。我们为什么不能想想，学生为什么会睡觉，为什么会"逃"学。孔子和苏格拉底的学生有睡觉、有逃学的吗？

现在高校都有个共同"现象"，外请的讲座非常受学生们欢迎，常常座无虚席，而学生们听得也是两眼放光，津津有味。我不知道校领导们想过没有，这种欢迎，除了名人效应之外，还有没有更深层次的东西，值得我们反思。本校老师讲课，为什么不如外请的讲座受欢迎？是不是本校老师的水平都不如外请的高？我们对老师的"指挥棒"究竟有没有问题？事实上，任何一种选择，本质上都是一种价值取向，也都是一种价值追求。

更为突出的问题是，很多教师上完课就走，与学生很少有课外的互动与交流。即使是学生的课外活动或社团活动，最多也只有校团委的老师参加一下。我在高校做过几年学生工作，亲眼所见很多任课老师经常"泡在"学生堆里，答疑解惑，探讨人生，帮助学生解决困难，亲如兄弟姐妹。学生们搞活动，很多老师不请自来，共享快乐。

我不知道现在的老师为什么不愿和学生在一起，但我的经历告诉我，教师不和学生在一起，又何谈育人。不育人，又何以为人师。我的研究告诉我，今天的社会问题，我们都可以在十年或二十年前的教育中找到原因。这就是"十年树木，百年树人"的意义所在。

蝶恋花·青竹

　　华发游梦忆弱冠。两小家家，郎妾戏中唤。
竹马小子欲执手，青梅绕床小妆乱。

　　布娃怀中低抚按，娇儿亲亲，饮花映童艳。
春空彩云无觅处，笑出秀靥梦中现。

梦回童年

这首《蝶恋花》填作于梦后。

那梦非常清晰，我和童年的小伙伴过家家；那梦是甜蜜的，醒来后眼里却是泪花；那时我唯一想做的，就是让那份早已淡远的童真复活起来，并把她珍藏在内心最高贵的地方，成为生命的主宰。

我的童年是在黑龙江省的亚布力度过的。这是一座在哈尔滨与牡丹江之间的小城镇，山高林密，木业发达。近些年以滑雪场而闻名内外。

我的家住在亚布力火车站广场南面的一栋俄式楼房中。那房子是早些年俄国人建造的，屋顶很高，墙壁、门窗和楼梯，都是木头的，冬暖夏凉。这栋楼里住了五六户人家，其中赵家的石头是我童年最好的伙伴。石头是一个性格温顺而又非常调皮的小男孩。在我的记忆中，他永远是快乐的，无论是吃亏还是占了便宜。还有个小女孩，叫二妞，姓什么记不得了，也住在这个楼里。二妞很活泼，一笑有两个小酒窝，和她的脸一样圆。虽然只有五六岁，但做起事情来，总是有模有样的。我们三个小伙伴的父母都在铁路工作，又住在同一栋楼里，每天都在一起玩耍。

在那个极其缺少玩具的时代，我们经常玩的是过家家，就像在梦里那样。在游戏中，一般由我扮演爸爸，二妞扮演妈妈，而石头总是扮演个地主老财什么的，同时也是位起哄叫好的观众。这二妞扮演妈妈极其认真，一板一眼很是入戏，尤其是怀中的布娃娃，更是从不离手。记得有一次由于游戏的需要，石头让我打布娃娃一巴掌，以显示爸爸的威风。结果二妞大哭一场，好几天都不和石头我俩玩了。没办法，我和石头凑了几分钱，给二妞买了根冰棒，才算和好了。从那以后，我和石头再也不敢碰二妞的布娃娃了。

我六岁那年，随着父亲工作调动，我的家搬到了鸡西市。从那以后至今，我再也没有见过石头和二妞，也没有两位小伙伴的任何音讯。后来我托还在家乡的姐姐帮我打听他俩，得到的信息是，石头还在亚布力，而二妞的家却不知道搬哪里去了，也不知道她现在怎么样。随着岁月的流逝，童年的事原本已经淡忘了，是这个梦让我又想起了一些有趣的童年经历。

我五岁时得了一场大病，几天昏迷不醒，不吃不喝。医生说，这孩子没救了。母亲只好把我抱回家里，全家围着我等待那一刻的到来。当天晚上，我苏醒过来，迷迷糊糊地听见母亲和外公在商量怎么办。外公的意思是这孩子怕是不行了，要早点拿个主意才好。按当地风俗，小孩不能死在家里，那样对其他的孩子不吉利。母亲是个极有主见的人，做事果断，每临大事都非常镇定。母亲决定坚持到底。在以后的日子里，母亲寸步不离，始终守候在我的身旁，想尽一切办法挽救我的生命。每用一个偏方或什么土办法，母亲都自己先尝试一下，安全了才会给我用。就这样，我居然又活过来了。我不知道是哪个偏方或母亲的坚持治好了我的病。总之，是母亲又给了我第二次生命。要知道，那时候西药非常珍贵，人得病除了喝中药，大半要靠自身的抵抗力，有点生死由命的味道。

病好后，母亲按照外公的要求，带我出城走了很远的路，来到了一棵孤零零的大树跟前。这棵大树长得很茂盛，周边都是荒草。母亲让我把一根红线围系在树干上，然后跪下给大树磕三个头，起来后，牵着红线一直往回走，中间不准回头看。回家后我把这件事告诉了石头和二妞，他俩都说太好玩啦，嚷着让我带他们去看。但外公一直不让我们去。第二年春天，我和石头、二妞终于找到了机会，偷偷地跑去看那棵大树。令我们惊讶的是，去年还很茂盛的大树已经枯萎了，在周围茂密的野草衬托下，显得格外地刺眼，让人可怜。等我稍大一点时，外公告诉我，是那棵大树以慈母般的情怀，救了我的生命！这番话，深深地铭刻在我幼小的心灵上，也铸就了我对大自然的终生敬畏，哪怕是一花一草，我从来都不敢损伤。六十年代全国大饥荒，家家都要吃野菜树皮，我硬是不敢吃。实在没办法，母亲只好把野菜掺进橡子面里，谎称是地里种的菜，我才敢吃。

今天想起这件事，不过是一种迷信而已。我想凭外公的学识，也不会不懂得这一点，母亲一生也不是个迷信的人。他们之所以这样做，不过是风俗所致，图个心安罢了。不可当真。

也正是从这一年起，母亲按当地风俗，在我的脑后留起了一条小辫子（俗称小尾巴），意取拽住或长命百岁之意。有趣的是，正是这条小尾巴，使我在第一次上小学一年级时，经历了一场不大不小的"风波"。

我的班主任是位女性，姓毛，长得人高马大，有一只眼睛有玻璃花，看不清东西。这位毛老师很厉害，同学们都很怕她。因为我脑后有个小尾巴，同学们都很稀奇，经常围着我，你拽拽，他牵牵，戏笑打闹，弄得班里不得安宁，所以毛老师对我很不待见。

有一天正好是毛老师的课。我后面的同学用一根小绳，悄悄地把小尾巴系在椅子背上，我一低头写字，疼得我大叫一声。毛老师闻声大怒，冲过来打了我一耳光，并抓着我的衣领把我扔到教室外面。这一耳光，疼得我两眼冒金星，就躺在教室外面大哭大闹起来。同学们都觉得好玩，纷纷跑出来起哄、看热闹，这课也就没法上了。毛老师一气之下也走了。教室内外乱成了一锅粥。过一会，毛老师和校长一起来了，劝说我回去上课，我的倔脾气也上来了，无论你怎么说，就是不回去上课。我不回去，同学们也都跟着起哄，别的班的课也没法上。实在没法了，校长只好打发人去单位把母亲请来。母亲问清了情况后，当场宣布：这个学我们不上了，回家！就这样，我的第一次学历结束了。待在家里，跟外公学起了描红写大字。

这件事之后，母亲对于是否继续保留小尾巴，犹豫不决，几次拿起剪子又放下。直到第二年我重新上小学之前，母亲才下决心剪掉我的小尾巴。这条小尾巴我一直装在信封里，放在家乡妹妹的家里。前几年，妹妹家装修房子，把我小时候保留下来的东西（包括小尾巴）都弄丢了。现在想想，实为可惜。

那个时候，小孩子是没有玩具的。谁家孩子有个木头做的刀啊、枪啊什么的，都是稀罕物，只要一拿出来，必是你争我夺，乱作一团。那我们玩什么呢？夏天要么去泡子游泳，要么去山上捉迷藏、抓特务，也还有的玩。到了冬天，零下三十多度，就没什么玩的了。那个年代家家都不富裕，小孩子都是空心棉袄、空心棉裤，里面什么都没得穿，一出门真的是透心冷。但这也挡不住我们。早晨一起来，就去雪地里玩，或堆雪人，或玩爬犁，弄得身上里外都是雪。后来有了土制的滑冰刀，我们又成群结队去滑冰。想起来，虽然没有现在孩子那么多玩具，但大自然所给予我们的，同样是一个快乐的童年。

在通常情况下，当一个人进入青春期以后，会很快忘记童年的经历。因为这时人的主要关注点是异性和事业。尤其是参加工作以后，新的人际关系逐步形成，人们会把那些和自己一起长大的伙伴忘得一干二净。这种忘却，不仅失去了童年的伙伴，更重要的是失去了童年的纯真，开始了人生的酸甜苦辣。直到年纪大了，童年的记忆才会渐渐复苏。而这时，人们才会觉得童真的宝贵，我们只能在惋惜中期待来生。假如人真的有来生，我愿意把一生的时间都给予童年，让他漫长、让他充实、让他永恒！

常听老人说，小孩子的眼睛可以看到成年人看不到的东西，因为他们的眼睛是干净的；童子的尿可以入药，因为他们的身体是纯洁的；孩子是不会说谎的，因为他们的心是真的。人们常常庆幸自己长大成人了，而正是成长异化了我们最宝贵的纯真。于是，我们学会了撒谎，学会了虚伪，学会了仇恨，学会了逢迎和嫉妒，痛苦也随之相伴而来，直到生命的终结。

双调忆江南·年轮

　　狂飙起，风卷战旗扬。丽人红妆尽素裹，少年浩荡竞称王，纤手五尺枪。

　　花残落，黑月伴凄伤。苦岸孤魂无渔父，哀笛吹恨送断肠，人事两茫茫。

"文革"的日子

这首《双调忆江南·年轮》，是在去长沙的火车上填作的。当时同车厢的一位旅客讲起了他在"文革"中的经历，勾起了我对那段日子的回忆。一时间，情感难以抑制，就借着床头昏暗的阅读灯，在一本书的空白处填写起来，竟是彻夜未眠。

"文革"爆发那年我十三岁，本该小学毕业了，但学校大乱，无人问津。于是，我们这些"野孩子"便整天游荡在大街上，要么"观光"批判大会，要么跟着游行队伍乱蹿，要么围观造反派抄家打砸。后来，街面上出现了武斗，越打越凶，不时地传来枪声。一开始，我和小伙伴们都是爬上大树观看，倒也安全。后来有的小孩被误伤或打死，父母就不许我们出门了。

直到学校成立了红卫兵或红小兵组织，我们才被要求返回学校。当然课还是不能上，每周不是参加对老师的批判会，就是去矿山或农村宣传，但大部分时间还是三五成群地在街上闲逛。在那段日子里，最好玩的要算扒火车了，就像电影《铁道游击队》里那样子。我们这些在铁路边上长大的孩子都知道，火车在过了站界信号灯之后，都会减速慢行，我和小伙伴便飞身扒上火车，再飞身跳下，反复几次，非常刺激。有时在火车上遇有地瓜、甘蔗或其他什么好吃的，也顺手扔下一点，然后大伙一起分享。有一次，我们刚跳下火车，正要返回收拾扔下的甘蔗，正巧被一队从车站方向走过来的红卫兵发现了，被抓个正着。于是便把我们带到铁路边的小树林，开我们的批判会。我记得一位女红卫兵讲了好长时间，然后让我们每个人发言，保证以后绝不再犯，这才放我们走。

　　"文革"开始没多久，父亲便被打成"走资派"，先关进"牛棚"，后被送到铁路货场劳动改造。这件事使我的心灵受到了极大的伤害。父亲是位忠厚老实之人，平时沉默寡言，不苟言笑，从不与人争什么。老人家十六岁参加革命，历经解放战争和抗美援朝，后来被分配在铁路工作，一直是忠于职守、兢兢业业，无论有多大的困难和委屈，他都默默承受，从未对我们说过一句怨言。父亲留给我的唯一遗产，就是那几枚军功章。在我的记忆中，母亲健在时，父亲从来不管家里的事，就是一心一意地工作，只是休息时偶尔带我去菜园子干点活，但也极少说话。他唯一的乐趣，就是休息日的晚饭时喝上几杯，高兴了就拉拉二胡。这时父亲的脸上才会有难得一见的笑容。

　　几经折磨，父亲终于病倒了，几近不治。虽然是夏天，但家里的气氛像冰窖一样。多亏外公请来了一位民间郎中，他把父亲一个人关在屋子里，火炕围上了布帐，全家人包括母亲都不许进去，我们只能到邻居家借宿。我记得这位郎中五十多岁，微胖，面色粉红，步履矫健，爱说爱笑。他每天很早起来，步行十几里上山采草药，中午回来后就关起门来给父亲治病。如此两个多月，父亲竟奇迹般地好起来了。郎中临走的时候，只告诉我们每天要让父亲晒太阳，并无其他医嘱，也不收诊费，有点飘然而去的意味。至今我都不知道他姓什么、又是怎么治好父亲的。那些花花草草都是些什么药，他又到哪里去了，我还会再见到他吗？我曾多次问过父亲，但他守口如瓶。

这位郎中在给父亲治病之余，就坐在院子里和一帮孩子说笑，但我从未见到他和大人们说过话。有邻居主动和他打招呼，或求他看病，他也不理，好像没听见的样子。可一见到我们这些小孩子，就立刻满面笑容，主动拉着我们聊天，我们也都喜欢和他玩。这位郎中学识渊博，给我们讲了很多人生哲理，讲了很多故事。虽然当时听不太懂，但仍受益匪浅。比如他说，你们要好好读书，将来会有机会考大学。因为用不了多久，中国会有一个百年大治。这种话，在当时的政治环境下，是没什么人敢说的。现在回头想想，还真被他说中了。有趣的是，有时他高兴起来，还会教我们一些拳脚功夫，我居然至今没忘。

"文革"期间，我们家也出了一位造反派，他当时是我的姐夫。在我的记忆中，他是一位英俊儒雅的青年，很爱干净，穿戴的总是整整齐齐；颇具学识，口才极佳，爱打篮球，是我少年时极为崇拜的人；他和姐姐自由恋爱，情投意合。让人难以想象的是，在"文革"妖风的裹挟之下，他竟当上了造反派的骨干。每次大游行，他总是执着造反派的大旗走在最前面；每次武斗，他总是挥着大棒冲在最前面；而回到家后，他又总是喝得酩酊大醉，每每把姐姐打得遍体鳞伤。我每次去看姐姐，她都以泪洗面，却不肯说出一句埋怨话。

姐姐是家乡有名的美女，多才多艺，尤爱书法绘画。我记得当时总有人来家里提亲，但姐姐独爱他，从未动摇。这次婚姻的破裂，影响了姐姐大半生，痛苦、凄伤和无奈始终伴随着她，她唯一的儿子，也为此承受了难以言表的痛苦。我懂得，姐姐之所以能够活下来，只是为了她的儿子，这是她生命中唯一的支柱。令人欣慰的是，儿子对她的至顺至孝，也是难能可贵的。直到姐姐五十多岁时再婚，她才过上了真正的幸福生活，她的作品才有了生命的鲜活。直到今天，我从未怨恨过那位前姐夫。因为我知道他对姐姐的爱是真实的，他也曾是一位有远大理想和抱负的青年。是"文革"改变了他，也改变了他生命的轨迹。后来我虽然再没有见过他，但我相信他会对人生作出反思，因为他的生活并不幸福。

1968年，经历了两年多街头游荡的生活之后，我们终于上了中学。说是上学，其实也没怎么正经上课。即使老师肯教，玩疯了的学生也无心去学。中学时的大部分时间是学工学农学军。记得我们班主任滕老师，经常领着我们去山上采草药，回来后在校园里支起大锅，自制"益母膏"，居然还真成功了。至于这些简单包装的药卖给谁了，我们就不得而知了。还有就是练习拼木头刺刀，一练就是一两个月，尽管弄得我们身上青一块紫一块的，但大家依然兴趣十足，苦练不休。一年多下来，个个身强体壮，打起架来如狼似虎，势不可当，就连社会上的小流氓也得让我们三分。

在这段日子里，由于上课少活动多，我的组织能力逐步显露出来，班里或学校的大事小情都要叫上我。由于我小时候练过写大字，又能写点充满革命激情的打油诗，全校的标语、大字报什么的，更是离不开我。再加上我是"黑五类"，从来没批斗打罚过老师，所以学校领导和老师也都对我好。这样到了初三，我当上了学校红卫兵总部班长（当时学校团组织尚未恢复），相当于现在的中学团委书记或副书记。从此，学校里大大小小的活动就都由我来张罗，同学们对我也是一呼百应，渐渐地在当地有了点小名气。

那年冬天，全区组织了一次大规模军事野营拉练，区革委会主任亲自挂帅。我被"钦点"为先遣队的副队长，主要任务是先行一天，为后面的大队人马号房子、派伙食，等大队住下了，我们又要出发去下一站做好安排。这项任务非常繁杂，既要说服老乡同意腾出房子，又得四处弄粮食弄菜，大冬天的，经常是一身大汗。那年月吃的本来就珍贵，要想让几百号人吃饱，确实不是一件容易的事。但十几天下来，我们居然出色地完成了任务，得到了领导的表扬。

让我难忘的是，我们这个先遣队十多个人，清一水的冲锋枪，弹夹里的子弹装得满满的。每天行走在白雪飘飘的群山之中，那杆先遣队的大旗，是那么的鲜艳。当时我们特别期望能发现个"阶级敌人"或特务间谍什么的，也好过过枪瘾。结果什么也没发现。没办法，在拉练结束时，队长让我们每个人冲着大山打了几枪，也算了个心愿。

拉练结束后的11月末，我们中学毕业了。也许是在这次拉练中的表现，我没有列入上山下乡的名单，而被分配到区团委工作。这在当时，是件极具轰动效应的事，因为父亲当时还未恢复领导职位，我还是个"黑五类"身份，大家都觉得难以理解。亲戚朋友都到家里来打听，有年长者甚至对母亲说，这不是什么好事！但外公却非常高兴，张罗着大家凑钱，给我买了一辆自行车。在当时，买辆自行车比今天买台汽车还珍贵，弄得左邻右舍都来观看，你摸摸，他试试，很是热闹。从此，我就骑着这辆崭新的自行车，开始了我人生的第一次工作。

秋色横空·麦浪

　　燕过催春，绿意稠，豆汗滴，挥锄舞。青纱摇影画芬芳，老茧盈盈处。

　　晨露凝香金缕，又骄阳，飞镰吐雾。老皮新去，粒粒含辛，秋鸿谁苦。

知青岁月

这首《秋色横空·麦浪》，是我和大学生一起，去北大荒农场考察途中填作的。一路上，大学生们不断地赞美"碧波金浪"，却无一人提到这背后的艰辛。我当过知青，自然和他们的感受不同。"锄禾日当午，汗滴禾下土。谁知盘中餐，粒粒皆辛苦。"我是亲身经历过、体验过的。联想到当下山珍海味，一食千金，浪费惊人，感慨万千。

我上山下乡是主动申请的。那时我在区团委工作仅仅十个月。

这十个月让我明白了一个道理，我这个人不适合在机关工作。不是别的什么原因，区团委书记和同事们对我都特别好。就是觉得憋得慌、不喜欢，满脑子的想法，浑身的劲，只能天天面对办公桌和数不清的文件。其实这十个多月，我也没怎么在团委办公室待着，跟着工作队，到村里进行路线教育，住在农民家，自己生火做饭，和农民一起下地劳动，非常充实。即使我调任团市委副书记，也没在办公室待几天，大部分时间待在基层。后来我调到北京工作了，需要把办公室腾出来，才发现桌子上、柜子里竟无东西可搬。以后这几十年，我从不寻求去机关工作，而且尽量回避。

就这样，我作为一名区委机关干部，自愿上山下乡当上了知青。也许与这十个月的经历有关，我到了农场后就被任命为连长，一年后我又从副场长升任为场长，负责全农场的生产经营。

我们这个农场以知识青年为主体，也有少量农工。这些热血青年响应毛主席的伟大号召，来到农村这个广阔天地，接受贫下中农的再教育。刚来时，个个激情万丈、豪气冲天。可是没过多久，这种热情和豪气就烟消云散了。加上那时的伙食很差，一天三顿粗粮，还常常吃不饱饭，一年也吃不上几次肉，大部分知青情绪低落，生产上出工不出力，偷工减料，装病请假，谎报父母病危回家等等，不一而足。总之，人要是不愿干的事，总能想出精灵古怪的法子来对付你。

在这种状态下，农场的生产经营始终搞不上去。为了解决这些问题，我们搞了不少教育，比如批判大会、忆苦思甜会、学毛选恳谈会，等等。知青们会上或慷慨激昂、或痛哭流涕，莫不体会深刻、令人感动，但一到地里干活，还是老样子，干十分钟，休二十分钟。区里领导对我们很不满意，大家都非常着急。实在没办法了，一位在农场工作多年的老领导（副场长）私下对我说：不能光从思想教育上想办法，咱们能不能从利益刺激的角度想想办法。要知道，在那个年月，说这些话是很反动的，有挨批坐牢的危险。所以这话让我十分震惊，久久无语。这之后，我好几天晚上睡不好觉，一直在想这位老领导的话，最后我下决心冒险一试。

在农场领导班子会上，我把设计的方案提了出来，就是把各连队的土地，按班划片，以班为单位承包经营，班长是第一责任人；场部每年下达一个指标，完成指标的班里拿多少，超额部分班里分多少。此外，还设立了全场的奖励办法。我话音未落，立即招来强烈反对，除了那位老领导之外，没有一个同意的，会议不欢而散。后来，我和老领导两人，挨个找班子成员谈话，到各连队征求意见，折腾了一个多月。在第二次班子会上，大家以沉默表示了不反对，但提出要报区委批准。我对大家说，我们不能给区委出难题，他们没法表态。当时我已是区委常委，我说我写个责任书给大家，上面如果追责任，我一个人承担。这才勉强通过了这个方案。

让大家没想到的是，第二年农场的粮食产量就翻了一番。农场粮食多了，也能吃饱了，伙食也有所改善，个人的收入也增加了，个个干劲十足，农场欣欣向荣。报纸把这个消息刊发之后（当然不能说是搞班组承包，只能说是路线教育搞得好），各级领导都来视察，最大的是时任国务院知青办的副主任。这位领导很精明，他听完我的汇报后，说你们搞得这么好，肯定还有别的办法配合教育。我咬紧牙关，始终不说班组承包这件事，他也就没有深究。后来，我们农场被评为"全国知青农场（点）先进标兵单位"，我被请去四处作报告，"传经送宝"，但又不敢照实说，很是难受。

其实，这期间农场的发展也是不平衡的，有几个连队是沙性土壤，适合种蔬菜。但在"以粮为纲"的年代，这是不能碰的红线，可是种粮食产量又上不去。原来吃大锅饭时，大家都一样，倒也没什么差别。现在搞班组承包了，这些连队的收入比别的连队低，伙食也差，知青们意见很大，也闹了几回事。没办法，我只好找当地的老农们请教。他们异口同声，只能改良土壤。可是那大片大片的土地，怎么改呢？如果把底下的生土翻上来，要好几年才能养熟，远水难解近渴；如果全部换成黑土，成本是无法想象的。思来想去，我找到了一个办法，后来记者在报道时，给取了个名字叫"大窝土壤改良法"。就是只在下种的位置挖一个大窝，把挖出来的沙性土倒掉，换成配好的黑土，养上一冬的墒，第二年春耕时，把种子种在大窝里。这个法子很简单也很管用，第二年秋收一核算，粮食产量增长了一大截，知青们非常高兴，都夸我是农业专家。我看到他们吃饱了肚子，也特别有成就感。

农业搞上去了，但是光有农业，实际收入并没有大的增长。农场要发展，最缺的就是钱。我就去区里问领导，我们农场搞点副业行不行？这位老领导对我非常好，也非常信任。他笑了笑说：你今天什么也没跟我说，我什么也不知道。在回农场的路上，我就琢磨这句话是什么意思，同意还是不同意，一时难以决断。到了农场后，我赶紧找一位副场长商量，他过去在工厂干过，有经验。他认为领导这么说，就是可以干。干什么哪，他的建议是开煤矿。可是我对煤矿一无所知，心里没底。还好，有班子的集体智慧。几次讨论下来，大家认为资源、资金、技术、人力都好解决，唯一的问题是一旦发生知青伤亡，这个责任谁也负不起。针对这个问题，我们又多次去国有煤矿学习、实地考察，和工人们座谈。最后下决心干。同时，请国有煤矿帮助，由国有煤矿工人配合知青，共同在掌子面操作，这样虽然成本高些，但可以确保知青的安全。就这样，第一座煤矿开张了，第二年又开了一座。几年下来，居然没有发生一起知青伤亡事故。

有了这两座煤矿的支撑，农场的各项事业发展很快。我们扒掉了原来的茅草房，为知青们建起了二层楼宿舍和宽敞明亮的大食堂，办了养殖场，成立了农场文工团。到我调离的时候，农场已经很富裕了，当地的中学毕业生，要"走后门"才能到我们这儿当知青。

这期间发生了一个重大事件，让我铭心刻骨，终生难忘。那就是市革委会两位副主任（即现在的市政府副市长），为了我们农场、为了知青以身殉职。

事故的发生，缘于农场一个连队的食物中毒。当时正是收麦子的时候，为了改善伙食，场部从外面买了一车猪下水，由于天太热，又没有有效遮盖，发生了腐变。食堂的大师傅以为高温煮过后就没事了，没想到还是发生了食物中毒。农场缺医少药，救治无力，数十名知青的生命岌岌可危。场部立即向区市两级领导报告，请求派医疗队过来抢救。市里得知这个消息后，立即派主管卫生和主管知青工作的两位副主任，带着医疗队赶往农场。也许是太急了，两位副主任乘坐的吉普车在一转弯处，与一辆卡车迎面相撞，吉普车起火后爆炸……

消息传到农场后，全场知青哭成一片，山河为之动容。在市里为两位副主任举行追悼会的同时，农场全体知青也聚在一起，为两位优秀共产党员、人民的好市长送行……那场景，我至今都无法忘记。

我之所以写上这段，只是希望和我一起上山下乡的战友们，永远不要忘记这两位好人！他们是为了我们而死的！

天香·爱妻

　　瑞雪纷飞，松风曼舞，红装一点如絮。翠岭漂白，青山素裹，秀发惊风飘逸。人随香至，欲低问，娇偎无力。笑目旋含秋水，香黄羞递春意。

　　也曾孤帆远觅，为红颜，万山不弃。琴心两地暗结，素约情窦，从此清歌共济。待华发，翠影西霞日，玉凤萧龙，秦楼比翼。

爱无际

这首《天香·爱妻》，填作于1979年。这年春节我从北京回家乡与爱妻结婚。按单位规定的假期，我回京那天晚上，正好是正月十五。本该是月圆人团聚的日子，我却不得不离开新婚一周的爱妻，独自踏上回京的列车。

那天的月很亮。列车开动了，爱妻孤单单地站在月台上，她没有向我挥手，默默地注视着远去的列车，只有那条红围巾微微地飘动着。从此，我们开始了长达六年的两地分居生活。

我和爱妻的相识，是偶然的。她当时是市文工团的舞蹈演员，随团来农场慰问演出。那天，我和场部的几位副场长一起在大门迎候。当满载着文工团成员的大卡车停下的那一瞬间，我看到了站在前排的她，白皙的脸上一双会笑的眼睛在注视着我，清波荡漾，那是一种我从未感受过的纯洁与爱意。我的心一下子收紧了，恍惚中，我似乎找到了寻觅多年的那种无法表述的东西，既紧张，又安慰。在此后的接待和演出过程中，我和她没有机会说话，更不知道她叫什么名字。文工团走后，我陷入了一种莫名的思念与惆怅。那双会笑的眼睛总是出现在我的梦中。

我和爱妻的结合，又是必然的。第二年，她竟随着一大批知青也到我们农场下乡了。但这并不是她自己的选择。在那个年代，无论是谁都无法自己选择的，人们唯一能做的，就是服从组织安排。由于舞蹈的特殊性，爱妻十六岁就参加了工作，一直在团里苦练。但在当时的政治背景下，团里认为她们这些年轻的演员，没有接受过贫下中农的再教育，必须到广阔天地锻炼成长，于是也都上山下乡了。按照市里的统一安排，爱妻原本是去另一个农场，但等她赶到那里以后，被告知已人满无床，就是没有地方睡觉了。于是，只好又转分到我们这个全市最大的农场。

我和爱妻的第二次相遇，是那年冬天的一个早晨。如絮般的雪花轻盈地飘舞着，大地和群山都披上了银装，走在厚厚的雪地上，让人有一种飘然之感。当时，我正在去连队的路上，迎面走来一群知青。那时知青大都穿着部队的黄棉袄，戴着棉军帽，离远了很难分清是男是女、姓张姓李。他们走近我时，大家相互招呼着就过去了。只有一个人停了下来，她围着一条红棉巾，在银白的世界里，分外抢眼。我也停下了脚步，心中生起一种莫名的期待，似乎某种奇迹将会发生。她摘下了棉军帽，露出浓密的秀发，叫了我一声"场长您好"。我顿时惊呆了，是她！那双会笑的眼睛……从此，我们相爱了。

但是，我们的恋爱却遭到来自两个方面的强大阻力，迫使我们不得不扮演了三年多的"地下工作者"，就连我最好的朋友，都不知道这件事。

一方面是组织上不同意，这是我意料之中的。因为上级有规定，知青不准恋爱结婚，我又是农场一把手，不仅影响不好，而且也会对前程产生不利的影响，所以组织上态度很坚决，不容商量。而爱妻那边，根本就没敢跟组织上说。

另一方面的阻力，是我们两家都不同意。她家不同意，是因为我是汉族，我家不同意，是因为她是少数民族。相比较而言，她家的阻力更大、更强烈。为了这件事，她曾遭到父亲的打骂，几个月不能回家。但爱妻从未有丝毫的动摇，默默地忍受了这一切。今天的青年可能无法理解，当时异族通婚是很困难的，社会舆论压力很大，尤其是上了年纪的人，是根本无法接受的。可是我们别无选择。

就这样，我们的爱情在两面夹击、又不得不"欺上瞒下"的环境中，走向成熟。一直到我调往北京工作之前，才对外公布了我们的关系。

爱妻来农场后不到一年，我就离开农场调到团市委工作了。于是，我们的见面就变得非常困难了。她在农场，我在市里，路途遥远，交通不便，加上知青是不能随便请假回家的。只有靠书信传情，但信又不能寄给她，因为我的字场部的人都认识。没办法，只好让同在农场的妹妹当信使，代为传书。这也练就了我们写情书的功夫。在婚后六年的两地分居生活中，我们互相写了几百封信，至今还保留着，偶尔翻出来看一看，那甜蜜不减当年。我曾在一篇报道中看到，由于通信信息技术的发展，当代青年大都不写情书了，或者说不会写情书了。其实在我的体会中，无论是短信还是彩信，无论是通话还是视频，都无法取代情书对爱情的终极意义，因为它是爱的记录，是爱情永不磨灭的"光盘"，其作用是任何技术手段都无法取代的。

后来，爱妻也调回文工团工作。我们虽然同在一个城市，但我们的恋爱关系依然是保密的，见上一面也是非常困难的，主要还是靠书信。有时因为工作上的事见了面，还得装着若无其事，或者根本不认识，那种感受，实在是没法说清楚的。实在太想她了，就去看她的演出，并尽量想办法坐在前排，不错眼珠地看着台上的她，生怕漏掉一个细节。记得有一次她在演出时把手表弄丢了，实在没办法，她第一次也是唯一一次用了团里的电话，让我想个办法。那时一块上海牌手表要一百多元，而我们俩的工资，要攒上好几年，才能买得起。无奈之下，我只好把自己的手表给她先用。但是怎么送给她，又成了难题。我不能去她单位，她也不能来我单位。只好约了一个很偏僻的地方，把手表送给她。也是来去匆匆，生怕被别人看到。

其实，那时青年谈恋爱，大都或多或少有过我这样的经历和感受，也有些青年从恋爱到结婚，连手都不敢碰，因为她们以为接吻就会怀孕的。这在今天的青年看来，一定是非常可笑的。但我们那个时候，几乎没有人看过性知识一类的书，学校和家里更不会告诉我们这方面的知识，"性"是一大禁忌，从未听谁说起过。谁要是有这类书，那就是流氓，要抓起来坐牢的。在我们农场，一些知青只能在夜里打着手电筒，偷偷地传看《烈火金钢》这一类"禁书"，寻找男女之情的蛛丝马迹，以安慰那炽热的情感需求。当然，这也只能是那些来自大城市知识分子家庭知青的"特权"。但愿这一切永远不再重现！

现在回想起来，这几十年我亏欠爱妻的太多。在六年的两地分居中，她先是代我承担起侍奉母亲的重担，喂药喂饭、擦身子，无微不至，从没有一句怨言。母亲去世后，她为了抚养儿子，又毅然告别了她心爱的舞台，去团里的小商店当上了售货员，从此结束了她的艺术生涯和人生梦想。对此，她虽然从未抱怨过，但我知道她内心的失落和痛苦，将会伴随她的一生。因为那时候她正处在舞蹈艺术的最佳状态，前途可见。但她为了我能够在北京安心工作，为了一个人能够把儿子抚养大，她还是作出了痛苦的选择和牺牲。

我们在北京团聚后，她又一个人承担起全部家务。我记得她要过的第一关，就是学会弄蜂窝煤炉子。因此家里常常是烟雾弥漫。好在很快我们就有了煤气瓶。那时候爱妻常常是背着儿子做饭洗衣服，一个人跑上跑下。邻居们都批评我"大男子主义"，可是爱妻从来不让我做家务，一直到现在。所有这一切，我无以回报，只愿有来生，还和她做夫妻。那时，我一定会包办家务，让爱妻一辈子都投身到舞蹈艺术之中。

安公子·归思

孤云低游衍，疑是远芳送尺素。欲问可有乡关语，伊人在何处？共孤寂，减尽荀衣向天度。同相与，心随云飞去。不忍登高远，何堪潮信迟误。

又蚱蝉鼓噪，欲睡还惊两凄苦。酒醒不知与谁饮，抱影留梦住。问孤云，绵绣几许换一聚？离亭柳，倚马思归路。离魂关山远，更添满城风絮。

选择的困惑

这首《安公子·思归》，是1980年初夏填作的。这时我来北京工作已经两年多了。由于夫妻两地分居，使我陷入了痛苦的去留选择之中。

1978年6月，我来到北京中央团校参加第十六期团干部培训班，同时参与共青团十大的筹备工作。这是我第二次来北京。

第一次是1974年随学大寨考察团去昔阳县路过北京的。当时我们住在东单的一家公共浴室里，很便宜，但不方便。白天出去要把行李带上，浴室不负责保管，好在当时出差的人行李不多，一个帆布包而已。住浴室有个规定，晚上八点前不能回去，不能影响客人洗浴。所以晚饭后，或去大栅栏一带胡同闲逛，或坐在天安门广场闲聊，熬到点了再回浴室休息。但也有好处，那就是回到浴室后可以免费在大池里洗个澡，很舒服。这个浴室很大，仅男部就可以住三十多人，清一水的一背两榻的大木床，每个人一个枕头、一条毛巾被。室内很热，只有屋顶上一个大吊扇吹出阵阵热风，但我

60

们依然睡得很香。

2011年我在整理诗词稿件时，发现1980年填作此词时写下的这段资料，就专门去东单找当年那个浴室，想拍张照留作纪念。但是那里早已是高楼大厦，全无昔日景象。真的很后悔，没有早点去做这件事。

第二次来北京学习，并没有想到会留下来，组织上也没有讲过。但无论如何，这都是我人生的一次根本性转折。这转折，指的不是从边陲到首都，也不是从地方到中央，而是我第一次知道了自己的渺小与不足，无论是知识的贫乏、理论上的肤浅，还是文字能力的薄弱，都让我非常震惊和自愧。因为此前在家乡我也算是个名人，报纸广播经常报道我的事迹，出入市委领导的办公室，从不用和秘书通报，很有知名度的。按今天的话说，"粉丝"也成千上万。于是就觉得自己很了不起了，自视很高。没想到这次来北京学习，兜头就是一盆冷水，让我在惊恐和失落中找到了清醒。从此，我的人生发生了极为深刻的变化。

我在中央团校的学员宿舍住了四个人，除了我，那三位都是知识渊博的人，在理论功底和文字能力上，令我钦佩。他们经常谈论一些很深奥的哲学问题，讲起历史如数家珍，读的都是《古文观止》、《费尔巴哈》一类的书，这些都是我此前较少涉猎的，但碍于面子，又不好意思去请教，只好私下里看他们读什么书，听他们谈论什么话题，然后照着他们的样子去学习。

可以说，在那段日子里，他们也是我的老师。我从他们身上不仅看到自己的浅薄与不足，真正懂得了"天外有天，人上有人"的道理，也激起了我刻苦学习、奋起直追的雄心。这让我从那时起直到今天，从不敢松懈自己，也从不敢高估自己，似乎总有个更强大的影子，在我的前面耸立着。从毕业到现在，我从未当面对这三位同学表白过什么，但内心真的很感谢他们对我的启蒙与激励！假如我没有来中央团校学习，假如我没有遇到他们这样渊博而深刻的同学，也许我一辈子都会生活在渺小封闭而又自视清高的自我之中。那会是多么苍白的人生。

这段经历，使我深深地懂得了一个终身受益的道理：一个人看自己，总觉得比别人强，一旦有所成就，便盲目自大。就像我们总是把成功归于内因，而把失败归于外因。我们总是很容易看到别人的缺点，却不愿意面对自己的不足。即使有好心人给你指出来，也不愿意承认或接受，甚至会认为人家对自己有成见。人生之难，难在自知之明。很多问题，都可以在这里找到根源。

没有想到的是，毕业时我被留在中央团校任教。这在给我带来惊喜的同时，也使我陷入了长达六年的选择困惑之中。

能够留在中央团校任教，无疑是每个学员都向往的。这不仅预示着可以生活在祖国的首都，而且也表明了组织的重用。尤其对我来说，除了可以继续学习、弥补不足之外，让我留恋的还有这里的环境。中央团校地处北京西郊，东邻紫竹院公园，西北是颐和园，南边依次有昆玉河和玉渊潭公园，校园周边都是水稻田和菜地，可谓田园风光、环境幽雅，很符合我的性情和喜好。当时还没有修三环路，学校门前只有一条南北向的小马路，两车勉强可以错过。学校北边有个小邮局，一个名叫"前进食堂"的小饭馆。周边单位来了客人，大都在这里吃饭。马路对面是粮店和液化气站。校园内树木茂盛、果树环绕，尤其是医务室小楼前面的那片桃树林，每当桃花盛开的时候，恍若仙境，让人不忍离去。这里静极了，特别是晚上一个人漫步在校园里，那寂静会带给你丝丝的惆怅。

我在选择上的困惑是，家里有久病在床的母亲，她需要我的侍奉和照顾。还有我留在北京，就必须面对两地分居生活，而组织上并没有承诺能不能解决、或何时解决。因为当时作为"文革"遗留问题，有太多的人比我更需要调回北京或解决两地分居问题。

按照当时的政策，我可以选择回家乡工作。当时的团省委领导曾多次找我谈过，在北京工作的老乡，也劝我回去，认为地方工作在仕途上会比在中央团校快些。而我的困惑是，回家乡工作又得进机关，这是我所不愿意的。况且，如果回到省城，我同样会面临和在北京一样的两地分居问题，短期内依然无法解决。当然，我也可以回到家乡的城市工作，但那里没有大学，没有图书馆，单位里也没有那么多的书，更不会有充裕的读书时间。在北京两年多了，我已经无法适应没有书或无暇读书的生活。这让我非常矛盾。

当然，我也可以辞职报考大学。1977年恢复高考后，压抑太久的青年们纷纷加入报考大学的大军，以求尽快离开农村，重新规划自己的人生之路。但我却从未动过这个心思。即使在推荐工农兵学员那会，我也没有想过要离开农场。当时我虽是场长，但也是知青，如果我想上大学，每年都有机会，而且可以第一个上大学。记得有一次市教委推荐我上清华大学，因为机会难得，市委书记还专门找我谈了话，但我还是把这个机会让给了别人。因为当时在我心里，农场就是我的一切，这里的每一寸土地都有我的汗水，我和它共同经历了从贫瘠到富裕的每一寸光阴。我爱它，永远。

如今，我已离开了农场，也动了报考大学的心思，但又一个障碍摆在了我的面前：如果我辞职考大学，我和爱妻的两地分居生活，将变得遥遥无期，这是我无法承受的生命之重。

就这样，我在去与留的困惑中煎熬了六个年头。那时，中央团校的教职员工不多，每年上半年一个培训班，下半年一个培训班，工作比较清闲。每到夜晚，办公楼里只剩下几位家不在北京的人，空空荡荡，寂静无声，让我这位两地分居的人，平添了无限的惆怅。

好在事物都是相反相成的。这种环境和条件，倒也成全了我读书的渴望。我已经记不清，这六年读了多少书，但仅笔记就有二十一本。这对我的一生，都是很有意义的。同时我也养成了睡前读书的习惯。无论多忙多累、在家在外，睡前不看会儿书，是无法入眠的。我不愿意回想这段岁月，但却永远忘不了它给予我的精神财富。

安公子 · 盼雁归

　　黄尘风上卷，旋舞幽壑摧枯树。雪打柴门人空寂，残灯伴夜幕。鸿雁远，几许余音总凄苦。望无际，只把梦留住。唯有信天游，欲换衡阳尺素。

　　春红映翠柳，月上小楼笙歌舞。玉容销酒花弄影，宝马香车路。问鸿雁，客心可怀乡情愫。盼归驾，春风来又去。纵千呼万唤，华发何堪虚度。

乡亲的呼唤

这首《安公子·盼雁归》，是1986年我去某革命老区调研，在回京的火车上填写的。

我们要去的这个村子很偏僻也很穷，平时极少有人去。当县里的吉普车把我们送到乡里的时候，等待我们的是三位推着自行车的小伙子。负责接待的人让我们坐在自行车的后座上，又走了四十多分钟。我心里很纳闷，为什么不让我们自己骑车去？等到了山脚下，前面已经没路了，我才明白，这三个小伙子要把自行车再骑回去，而我们还得走一个多小时的山路，才能到村子。

最先映入我眼帘的，是村头那棵老槐树，枝干粗大，但树叶却已稀疏，像一位曾经健硕辉煌的老人，追思着往日的雄风。大树下，散落着十几块大石头，黑油油、光滑滑的，显示出岁月悠悠的不尽沧桑。村子里几乎是一模一样的土坯房子，残破不堪，让你无法辨别哪家是哪家。第二天，村支书带我们走了十几户人家。我至今都找不到确切的词汇，来表达我看到的景象，因为那里不仅贫穷，而且贫穷得一模一样。后来，村支书自豪地告诉我们，这里是真正的"赤色村"，古往今来从未有过地主和富农，因为条件稍好些的人家都搬走了。

晚上，我们住在团支部书记家里，他的父母和弟弟就睡在旁边的柴房里，这让我们极为不安。但两位老人坚持说你们是北京毛主席派来的客人，死活不肯让我们住柴房。晚上我们三个人合盖一条粗布草芯的大被子，很柔软，散发着阵阵的草香。这里晚上没有狗吠，早晨没有鸡鸣，静得让人睡不着，躺在炕上总有一种不知身在何处的错觉。我试探着和团支书聊几句，但他早已呼呼大睡，那喘息声安详而甜蜜。我朦胧地意识到，这里的赤贫似乎并未影响他们对幸福的体验，因为他们还拥有自豪，他们是为了自豪而活着。

很快，我们对贫困的震惊，就被这村子昔日的辉煌所取代。相互熟悉了，村支书开始滔滔不绝地讲述他们的历史，那自豪的眼神，让所有贫困黯然失色。

这个村子在抗战时期，曾住过八路军的一个后方医院，乡亲们吃着地瓜和野菜，用小米粥救活了无数的八路军战士。村支书告诉我们，那时，每家每户都比着谁家野菜吃得多，因为这意味着这家对八路军战士的贡献就大。每个战士伤愈归队时，乡亲们都要送到村头的老槐树下，依依惜别。我在村支书家看到一个当年八路军的灰色挎包，破旧得几乎不敢用手去碰。支书说，这是他们的传家宝。在更早的时候，这个村子的乡亲们曾救治过被白匪打伤的几名红军战士。那时没医生，也没有药，乡亲们就上山采草药，先自己吃了做试验，毒不死人的，才给红军战士吃。就这样，硬是把这几名红军战士救过来了。

最让乡亲们自豪的是，他们村也出了一位大英雄，一位后来的"大官"。村支书告诉我们，他是八路军医院搬迁时参军的，后来到了野战部队，作战勇敢，屡立战功。全国解放后，转业到地方做了"大官"。村支书自豪地说，他是我们全村的光荣，也是这个村自古以来唯一做官的人，连村里的娃儿们都知道他的大名。因为每年除夕吃年夜饭时，家家都要说到这位"大官"，或讲述他的英雄事迹，以激励后代。大约是五十年代后期，这位"大官"派人把父母接进了城，从此再没了音讯。但这丝毫没有影响乡亲们对他的崇拜，以及由此而产生的自豪感。正如村支书所说，因为有了他，打鬼子和解放全中国，也有俺们村的一份功劳。他们深信，终将有一天，这位大英雄会回来的，因为这是养育他的家乡。至今，乡亲们依然活在这无法预知的期待之中。

离开村子的那天早晨，我在大槐树下站了很久，试图与这位历史老人倾诉内心无限的感慨，却无意中看到不远处散散落落的小白花，像纯洁的少女，在煦风中摇曳着，似乎在与我告别，又像要留住我的脚步，或希望有空再来。我别无选择，只能带着她的芳香和惆怅，踏上了来时的羊肠小道。

在回京的路上，我陷入了愈思愈痛的困惑之中。贫穷并不可怕，因为那是可以改变的。我也毫不怀疑那些充满自豪的乡亲们，他们一定会过上好日子。那些被乡亲们用小米粥救活的八路军战士，也许在重返战场后牺牲了，也许复员回家乡了，他们可以忘记，也可以不再回来。但那位生于斯长于斯的"大官"，却不应该忘记，更不应不再回来。我能体会到，乡亲们并没有想过要他的什么好处，更不企盼他能给村里批款子或批个什么项目。乡亲们只是想念他，想再看看他们村唯一的大英雄，以满足他们对自豪的渴望。因为这自豪是他们活着并幸福的唯一理由；他们可以贫困，但他们不能没有自豪；他们期盼吃上白面馍馍，但他们更愿意为这自豪添柴加油，让她永远地燃烧下去……

我没有权利和理由责怪那位"大官"，也许他有自己的苦衷，也许他发生了什么变故。但萦绕在我脑海的是，当你住在高楼大厦里，是否还记得那破旧不堪的土坯房；当你睡在松软的大床上，是否还记得草帘子盖在身上的感觉；当你吃着美味佳肴时，是否还记得那半年小米半年瓜的生活；当你坐着小轿车穿梭在繁华之中，是否还记得乡亲们至今还在走的羊肠小路；当你……

村支书曾指着老槐树告诉我，"大官"的妻子就是八路军医院的一位护士，他们俩就是在这老槐树下谈的对象。与今不同的是，那时的大槐树正处壮年，非常茂盛，太阳都照不透它的叶子。白天，这里是老年人纳凉聊天的场所，傍晚这就成了年轻人谈情说爱的专场。这里，还留着"大官"与妻子的亲吻；这里，还回荡着"大官"与妻子的誓言；这里，还飘逸着他们爱情的芬芳。而大槐树却已老态龙钟，没有了昔日的风貌。槐树下已少有了纳凉的乡亲，只有娃儿们还在树下玩耍，继续着前辈的故事。

我在想，这些孩子长大了，也许会走出大山去打工，也许会考上大学而离开，也许会像那位大英雄一样，当上"大官"。但愿他们不要忘记，不要忘记这生你养你的家乡，常回来看看！

凤凰台上忆吹箫·心灯

薄命如斯，双卿绝代，掩卷凝目寒更。唯有此情苦，豆蔻残灯。芳心孤夜暗泣，香膏尽，欲睡还惊。人空瘦，摧花杵杖，恶雨无应。

惺惺。雪压轩里，和泪写凄伤，啼血悲声。更欲凭谁诉，孤雁幽情。独怜秀笔片片，才情悔，芦叶西风。香魂远，人间天上，好个来生！

命运的哀叹

这首《凤凰台上忆吹箫·心灯》，是1987年我在读过贺双卿的诗词之后填写的。那天晚上，我辗转反侧，思绪难眠，心中充满感慨，如鲠在喉，无人倾诉。于是披衣而起，一气呵成填就了这首词。

贺双卿，字秋碧，江苏丹阳人。生于1715年，卒年不详。清代女词人，有《雪压轩诗词集》留世。

我们真的要感谢双卿的老乡史震林先生，他在《西青散记》中记载了双卿悲惨的一生。尽管很简略，但这也许是我们了解她身世的唯一史料。

双卿出生于绡山一户普通的农家。按今天的话说，她就是个没有城市户口也没有上过学的农村姑娘。但《西青散记》对她的评价却是"身负绝世才，秉绝代姿"。这表明双卿是一个才貌双全、阳光亮丽的奇女子。尽管我们没有更多的史料支持，但我们可以想象，双卿在出嫁前的生活，可能并不富裕，但一定是快乐而幸福的；她对生活和人生，也一定是有理想、有追求、热情奔放的。因为在她生活的那个年代，女孩子是不入学堂读书的，而她作为一个农家女孩，之所以能够识文断字，能够填写出那么至情而凄美的诗词，这其中必然有相当的努力与刻苦。我猜想，她也许为了识一个字而"偷学"于廊下，也许为了找到一本想看的书而奔走乡里；她也许有无数个挑灯夜读的日子；也许会为某个不解的难题而烦恼；但她也一定会在学习和创作中收获愉悦，也一定会为自己的某个作品而陶醉。

双卿的悲惨人生，是从她出嫁后开始的。据《西青散记》载，贺双卿嫁给了金坛村的一户农家，婆婆凶狠，丈夫粗暴庸俗。这是她人生的转折点。从此，她不仅要承担起繁重的家务劳作，还必须承受着婆婆和丈夫的杵杖恶骂，开始了她短暂而凄悲的人生。我想，这无疑是一桩包办或买卖婚姻。她的父母或许是为了几石粮食，或许是为了几两银钱，而断送了她本该绚丽多彩的人生。这也许不是她父母的错，哪个父母不希望自己的儿女幸福。但在那个年代，他们也许没有更多的选择。而双卿作为一个待字闺中的女子，也只能任由"父母之命，媒妁之言"的安排。命运，这就是那个时代妇女的命运！

贺双卿的很多诗词，都是填作于这段时间。尽管我们能够在字里行间感触她悲凄的心灵，但我们依然无法想象，她在婆婆和丈夫的棍棒下，是怎样写出如此精妙而凄美的诗词的。她要侍奉婆婆，照料丈夫，她要洗衣做饭，操持家务。那她只能在家人都睡下后，借助厨房里微弱的灯光，写下自己凄苦的心声。而第二天，她又必须承担起繁重的家务，忍受恶婆粗夫的打骂。我问自己，这得需要怎样的忍耐与坚韧，这又是怎样的追求与期盼。

为此，双卿常常以自己具有的"才情自悔"，哀叹自己"难断处，也忒多情"。为什么自己不能像其他女人那样平常，为什么自己的情感会如此深厚，为什么自己的婚姻会如此不幸，是自己的才情所致吗？我们不难想象，在双卿的内心深处，隐藏着不为人知、不可自解的巨大矛盾，或许还有过超越诗词而更为深刻的思考与追求。

所以，尽管双卿在不停地书写，但她并不想留下自己的作品。她的大部分诗词，都是用粉笔（女子化妆所用之笔）书写在芦叶上，然后随手丢弃到窗外。这也许是家境所致，买不起笔墨纸笺。但更为可能的是，双卿在那种污浊的环境中，并不想保留那带有她纯洁心灵的作品。而写诗填词，不过是无人倾诉的自语哀叹，她在写自己，而又只能自己看。这背后，必是她对人生的无奈与绝望。

对于双卿的死，《西青散记》只写了四个字："劳瘁以死"。劳，可以理解为因过度劳累而病；瘁，可以理解为因心力尽瘁而亡。这已经告诉我们，双卿是在日复一日、年复一年的劳苦和心灵的煎熬中，燃尽了最后一滴"香膏"，在恶骂声中"朦胧成睡"，永远没有再醒来。

让人心碎的是，在病中，双卿曾发出过呼喊，"已暗忘吹，欲明谁别"，可是又有谁懂得她心中的凄苦，又有谁在意过她的生命？她也曾有过幻想与坚持，"芳心未冷，且伴双卿"，但那时她已是"残灯"，又有谁能懂得她的心灵，又有谁能给予她哪怕是点滴的爱怜？《西青散记》尽管没给出双卿去世的具体年份，但从她的作品中可以感受到，她离开人世时的年龄不会超过三十岁。正是青春好年华。呜呼，悲哉！

　　我在填写这首词的过程中，数次掩卷长叹：老天为何如此不公！为什么让她才情双绝，又让她如此凄苦。难道真的要"女子无才便是德"吗？据我所知，在我国古代的女诗人中，像贺双卿这样如此悲苦的，是不多见的。李清照虽然在丈夫赵明诚去世后，晚年凄凉，但她毕竟拥有过至美的爱情和婚姻，过着富裕的生活；秋瑾虽然婚姻坎坷，但她精忠报国，终成伟业；沈宛虽最终未能与纳兰性德白发偕老，但她们毕竟有过醉人的爱情。还有叶小鸾，她出身富家，貌美聪慧，四岁能诵《楚辞》，工诗及书画，留下近二百首诗词。她虽然未嫁而卒，令人痛惜，但毕竟没有那般痛苦。至于那些出身青楼的女诗人，其境遇虽也让人同情，但毕竟又与双卿有着本质的不同。唯有双卿，出水芙蓉，才情双绝，但却屡遭恶峰雷霆，千般痛，万般苦，不给她留下一丝生机。

　　正因为如此，使双卿的诗词有别于我所能看到的其他作品。有评价说："惟其如此，双卿的词便不同于文人雅士们的创作，更不同于沽名钓誉的文章。她笔下的文字是心声、是真情，是纯任性灵的自然流露。故读来荡气回肠，哀感无穷。"至于唐宋以降，那些描述青楼女子、风流情人，或相思相爱、或红颜薄命、或软语闺怨、或绮艳风情的作品，更是无法与双卿比肩。而这一切，恰恰出自于一个普通农家女诗人的纯真心灵。

　　这首词之所以题为"心灯"，就是要在我的灵魂深处，为双卿点燃一盏永不熄灭的"心灯"。祈祷她"人间天上，好个来生"！

江城子·情何长

孤窗夜雨两茫茫。苦情郎，又心伤。千里娇云，何处是潇湘。豆蔻芳疏轻聚散，情游絮，梦难长。

多情孤雁泪千行。皓发稀，暗凄凉。无语问花，巴蜀已生霜。讨得花间一壶酒，且自饮，入醉乡。

何时眷属

这首《江城子·情何长》，是为我的一位发小填写的。那年他五十岁，却还是童子之身。过生日那天，他给我写了一封很长的信。我看后竟不知该如何回信、该说些什么，于是就填了这首词寄给他。这次在征得他的同意后，也收入了这本集子。

我和他是小学同学，到了初中，虽然不在一个班，但仍然是形影不离的好朋友，一起上学，一起回家。他性格内向，不爱说话，但为人非常好，守信崇义。也很喜欢读书，写得一手好字，在我们这群"铁路孩子"中，算得上是个小秀才。

上中学时，他们班有个女孩子，我们都叫她"汤圆"。她长得小巧玲珑，活泼可爱，而且特别能玩，什么爬山上树，摸鱼掏鸟窝，滑冰游泳，样样都是"高手"。只要放学的铃声一响，她总是第一个冲出教室。跟我们这群男孩子疯玩起来，不到天黑不回家。就这样，在不知不觉中，我的发小爱上了她。

到中学毕业那年，我的发小要上山下乡，而"汤圆"却要随父母回四川老家的乡下。分别的前几天，发小让我把她约了出来，到早已荒废的公园去见面。我们三个人坐在石头上，沉默了好长时间，就连一向爱说爱笑的"汤圆"，也低着头一言不发。后来，在我的催促下，发小终于结结巴巴地说出了自己的爱。"汤圆"听后两眼直愣愣的，一双水汪汪的大眼睛里一片茫然。好半天，她才说了一句我和发小谁也没听懂的话："以后谁陪我玩呀！"

"汤圆"的父亲是一个工厂的厂长，"文革"中被打倒，关了几年"牛棚"，这次放出来，是押回他老家乡下继续改造。这一切，生性快乐无忧的"汤圆"似乎并不在意，也没有见过她有什么担心或忧虑，每天照样疯玩。

临走那天，发小没有告诉我，一个人去火车站默默地为"汤圆"送行。当然，"汤圆"并不知道，即使知道了，她也不会有什么分别的忧伤，更不会什么泪流满面。这就是"汤圆"。

自从那天以后，发小更加沉默了。就连我送他下乡的那天，也没有多说一句话。后来，我调到北京工作，我们见面的机会就更少了。有什么话要说，都是写信。即使在通信信息技术如此发达的今天，他还是写信，连短信都很少发，从不用邮箱。

从他的信中得知，"汤圆"回到四川乡下后，依旧是无忧无虑地疯玩。后来，"汤圆"突发奇想，要考大学。大家以为她不过是一句玩笑，也没人在意。让人没料到的，她居然真的考上了。上大学期间，她谈了恋爱，好像是她的同学。毕业没多久，她就结了婚，后来又生了个女孩，还专门把照片寄给我的发小，两个人的通信始终未断，一直到现在。

而我的发小，却一直生活在自我构建的"虚幻"的期待之中。这期间，发小在通信中多次表达了对"汤圆"的爱，但她却总是讲她疯玩的故事，一直到"汤圆"结婚生女，他们才换了一个更为难解的话题："汤圆，你究竟有没有爱过我？"这个话题一讨论又是十几年，几百封信。真是一对天生的冤家！

发小1977年考上大学，毕业后回到家乡工作。听他妹妹说，有好几个女孩追求过他，也有不少好朋友给他介绍对象，但他是一概不见，一律不谈。这方面的事，他也从不和我说。他和我说的，只有"汤圆"这个永恒的话题。直到今天，他竟是一个女朋友也未谈过，依然过着"光棍"的生活，却已是满头白发。

前几年他来北京出差，给我带来了他出版的十几部书，大都是专业著作，我看不太懂，但能体会到他的艰辛与成就，很为他高兴。那天晚上，我们在家里喝了很多酒，他第一次打开了久封的情感闸门，从头说到尾，从尾说到头，滔滔不绝。概括起来还是那句话，从相识到现在，"汤圆"究竟爱没爱过他？我无法给他一个答案，因为我也很迷茫。如果说"汤圆"从未爱过他，那在中学时一起疯玩的很多事，便无法解释。那时候，她为了从家里给发小拿一个鸡蛋吃，竟可以躺在地上打着滚哭，她妈妈对此也毫无办法；如果同学中有人欺负发小，她一定会冲上去，连踢带挠，以自己瘦小的身体护卫着发小；她喜欢毛主席像章，见了谁的好就要，不给就抢，但却谁也别想从她那要到一枚。只有发小，可以随便拿随便戴她的毛主席像章，她不但不生气，反而会表露出一种少见的女孩子那种羞笑。但如果说"汤圆"爱过他，却也从未说过这个字。在那几百封洋洋洒洒的信中，也看不出丝毫的端倪。

但发小却不这样看。他坚定不移地认为，"汤圆"是爱他的，只是由于某种不可抗拒的压力而嫁给了别人。但这"压力"是什么，他又找不到答案。第二天早上吃饭时，他对我说，看来，"汤圆"从来没有爱过他。这么多年，他就是生活在这样的矛盾之中。

这之后我去四川出差，按照发小给我的地址，找到了"汤圆"的家。这是我中学毕业后第一次见到她。虽然已经退休，但那张"汤圆"般的脸，依然光彩照人，看上去只有三十多岁的样子。她的性格也没有变，还是那么爱说爱笑的。当我说起发小，她突然掩面痛哭，双肩抽搐得很厉害。当我正要说几句安慰话时，她又突然抬起头来，抹去眼泪，说笑起来。我再次陷入迷茫，原来准备的好多话，不知再从何说起，只能像在中学时一样，静静地当她的听众。临走时，"汤圆"握着我的手说，告诉发小，但愿有来生！

直到今天，我都想不起来，那天是怎么走下楼的，又是怎么回到宾馆的。满脑子都是"汤圆"的那句话，这话是什么意思，为什么要等到来生，今生又怎么了？她究竟为什么不能与发小结合？其中又隐藏着怎样的故事？我既是出于好奇，也是要给发小一个答案，当天晚上我再次去了"汤圆"

的家，但已无人应答。我站在楼下看，屋里没有灯光。

我想起了柏拉图式的爱情。难道人世间真的存在这种纯精神的爱情吗？两个人可以真爱一生而不结合吗？如果有，那发小和"汤圆"的情感算吗？我依然没有答案……

前些日子有英媒报道，英国有一对七旬情侣苦恋五十年后，终成眷属。五十年前十七岁的贝丽尔和比尔在一次偶然的聚会中相识，两人一见钟情，并开始了甜蜜的恋爱。但"苍天不眷情苦"，没多久比尔就加入了商队，离开了英国。随着岁月流逝，两个人都各自有了自己的家庭。这期间，他们虽然偶尔在电话里互致问候，但那不过是一种简单的联系。后来，贝丽尔失去了自己的丈夫，比尔也离了婚。按理说，两个人有条件重温旧情了，但不幸的是，此时贝丽尔和比尔却失去了联系。一直到六十多岁的时候，他们才在茫茫人海中找到了对方。于是，已步入老年的贝丽尔和比尔又开始了新的约会，这一恋又是十年。直到两年前，他们才决定搬到同一家养老院继续生活，并在那里结了婚。

我坚信天下有情人终成眷属，也打心眼里祝福贝丽尔和比尔，但不知我的"发小"和"汤圆"的"终成"，竟在何日？

高阳台·情如絮

　　南渡孤鸿，忍恨回首，断垣残壁征尘。空带愁来，更添淫雨幽深。苦别生死花已尽，泪弹竹，何处知音。柳新折，诗卷别时，弦上还温。

　　残楼孤燕空绝代，与谁同凄苦，飞絮伤神。梦里相依，玉枕又添新痕。欲化彩蝶随去，冷山昏，恍若离魂。怨梅笛，满地黄花，欲伴风吟。

爱至上

这首《高阳台·情如絮》，写了两位家庭出身、生活经历和境遇完全不同，但其爱情和结局又极其相似的女人。上片写的是人生跨越北宋南宋的李清照；下片写的是唐代名妓关盼盼。一个是大家闺秀，一个是青楼女子。

这李清照是大名鼎鼎的女词人，至今仍是家喻户晓，尤其是那首"生当做人杰，死亦为鬼雄，至今思项羽，不肯过江东"的五言诗，传诵极广，颇具阳刚之气和英雄气概，如不说作者，很难想象这首诗出自纤柔之手。我有一位日本朋友，是位学者，就极爱这首诗，自己用毛笔写下来，挂在家里的中堂之上，可见其崇拜之心。在日本，我还看到过有售李清照画像的，题的也是这首诗，只是人物画得有点像日本女人。我收藏的王西京《李清照居士小像》画，题的也是这首诗。可知其影响之深远。

李清照出身名门，其父李格非是位大学者，社会地位很高，家境自然也是富足。李清照作为大家闺秀，从小就过着称心如意的优裕生活。她不仅生得好，嫁得也好。她的丈夫赵明诚是宋代著名的金石考据家，家中收藏相当丰富。后又进身仕途，先后担任过莱州太守、淄州太守，也算是大官了。更为难得的是，这赵明诚也是诗词高手，夫妻俩趣味相投，闲来无事，清茶为伴，写作诗词，时相唱和，过着富裕而高雅的生活。即使是短暂的分别，夫妻俩也大都以诗词倾述思念之情。如李清照的《凤凰台上忆吹箫》一词中就有："香冷金猊，被翻红浪，起来慵自梳头……生怕离怀别苦，多少事，欲说还休……"可见他们是感情甚笃、相当恩爱的一对夫妻。

李清照的厄运起于金兵入侵。当时北宋朝廷已是一团乱麻、岌岌可危、自顾不暇了，达官贵人或富家商贾纷纷南渡，避灾求生。李清照一家也在这个行列之中。在这个极其混乱的亡命途中，她的家资细软、珍藏多年的文物大都丢失了。一夜之间，让她变得一无所有。然而，对李清照的毁灭性打击，并不是丢失的财物，而是她的丈夫赵明诚在去湖州赴任途中病死了。从此，她只身一人漂泊在越州、杭州、台州和金华一带，过着极其孤苦的生活。尤其是到了晚年，背井离乡、无儿无女、块然独处，这对一个出自名门富家的大小姐来说，其生活之艰难是可想而知的。

北宋南渡，这一条用鲜血划出的界线，不仅成为李清照人生命运的分界线，也是她诗词创作的分界线。其风格从幽闲情趣转向了国恨家愁，从暂别之愁转向死别之恨，视野和境界更加阔大和深沉。比如《声声慢》中的"雁过也，正伤心，却是旧时相识"。鸿雁可以北归，而她却只能避难于南方，表现出对故国、对家乡的深切怀念。"梧桐更兼细雨，到黄昏、点点滴滴。这次第，怎一个愁字了得？"国破家亡，造成多少人的悲惨命运，又岂是一己之愁所能包括。宋高宗绍兴五年，李清照已经五十三岁了，而她无依无靠，生活几近绝望，然而她依然在困苦中挣扎着活了下去。这一年，她写下《武陵春》："风住尘香花已尽，日晚倦梳头。物是人非事事休，欲语泪先流。闻说双溪春尚好，也拟泛轻舟。只恐双溪舴艋舟，载不动许多愁。"词中既有人生的悲苦、凄凉与绝望，也在字里行间，隐约折射出一缕对美好生活的憧憬之光。然而这微弱的向往之光，却被连大船都载不动的愁，无情地抹杀掉了，留给她的只是"许多愁"，以及她始终恍若小别的期待，"诗卷别时，弦上还温"。

值得一提的是，李清照不仅是我国历史上著名的女词人，而且在诗词理论上也颇有造诣，著有《词论》一篇。其基本观点是强调音律、严格区分诗与词的界限。这在中国历代女诗人女词人中，是唯一的。更为难得的是，李清照在学术上不畏权威，敢于对诗词界泰斗级的苏东坡、欧阳修等人的作品提出批评，认为其有些作品"皆句读不葺之诗耳，又往往不协音律"。要知道，这些大人物不仅是诗界领袖，也是朝廷重臣。比如欧阳修曾官至参知政事、太子少师。在封建社会里，敢于对他们的诗词提出批评，不要说一介女流，就是同朝为官的诗人，也是不多见的。由此可见李清照人品之高洁。

这关盼盼虽与李清照都是女诗人，但境遇却完全不同了。关盼盼出身贫寒，很小的时候就被卖进青楼。但她聪慧伶俐，勤奋好学，琴棋书画无不精通，尤以诗词歌赋见长，成为徐州名妓。她虽身陷烟柳之地，却幸运地遇见了时任徐州刺史的张愔，两人一见钟情，相拥恨晚，便一刻也不想分离。于是张愔花重金将关盼盼赎出青楼，纳为爱妾，与张愔一家过起了幸福富足的生活。

说起这张愔，也算是唐代的大人物。他出身将门，先是靠父荫补为虢州参军事，唐德宗时官拜右骁卫将军、徐州刺史。后又授武宁军节度使。按唐代官制，此时的张愔也算是一方诸侯了。到了宪宗时，又召任张愔为朝廷工部尚书，离开了徐州。这样算下来，张愔在徐州工作了七年，他与关盼盼相遇并纳为爱妾，应当是在这段时间内发生的事。张愔虽然贵为朝廷重臣，但因日夜思念关盼盼，故多次向皇上求归徐州，以期与关盼盼团聚而度余生。由于他当年治理徐州甚有业绩，徐州百姓也盼望他回来。终于得到了皇帝的恩准。不幸的是，张愔在返回徐州的路上病逝，为关盼盼也为后人留下了一段凄悲的遗憾。

关盼盼得知噩耗，随即搬入燕子楼，谢客独居，发誓绝不再嫁。按唐代婚俗和张愔任职徐州的时间来看，此时关盼盼应该是二十多岁，正是青春时节，风华正茂，又名噪一时，想要娶她为妻为妾的人应该大有人在。但她不为所动，独居自守，念旧爱而不嫁，唯以张愔为阴夫，与其魂魄朝夕相处。按唐代风俗，女人改嫁是没有任何限制的。上至公主、贵妇人，下到平民百姓，均视再嫁为平常。所以这件事，在大唐上下引起了很大反响，很多大诗人都为关盼盼写了诗词。就连几百年后的苏东坡，也为关盼盼填作了《永遇乐·彭城夜宿燕子楼》："燕子楼空，佳人何在？空锁楼中燕。"表现出极度的惋惜和惆怅。在后世的许多剧目中，依然可见关盼盼的身影。

说到关盼盼的死，有一些记载不知道真伪，权作茶余之资。说这关盼盼最是崇拜白居易的诗词，按今天的话说，就是那种铁杆粉丝了。她不仅能够把白居易的所有作品倒背如流，还自己将白居易的《长恨歌》谱了曲子，吟诵演唱。这事传到白居易那里，说徐州有个女诗人关盼盼，非常崇拜你和你的诗词。白居易得此殊荣，自然是欣喜若狂，在如痴如醉中写了一首诗赠给关盼盼。也许诗中有讽刺之意，关盼盼得到白诗之后，情绪大变。在作诗回复了白居易之后，绝食而亡。令人遗憾的是，今天我们已无法知道白居易的诗究竟写了些什么，更不知道关盼盼的回诗又写了些什么？以致让她因诗而死。实在令人扼腕而迷茫。

与关盼盼相比，同为歌妓的宋代聂胜琼，就比她幸运多了。当时有个李之问与胜琼相识于青楼，相爱甚深。李之问欲离开时，胜琼为他唱词送别，末句："无计留春住，奈何无计随君去？"李之问走后，胜琼又填词一首寄给他。李之问半途得之，藏于箧中。不想到家后被妻发现，李之问据实以告。其妻爱胜琼之才华，特拿钱让李之问娶胜琼回家，得以善终。那么，这是一首什么词，能让其妻如此喜欢并将她娶进家门？我们来看胜琼的这首《鹧鸪天·寄别李生》："玉惨花愁出凤城，莲花楼下柳青青；尊前一唱'阳关曲'，别个人儿第几程？寻好梦，梦难成。有谁知我此时情？枕前泪共阶前雨，隔个窗儿滴到明。"不知各位看后有何感受。

在这里，我想表达的并不是夫亡不嫁的贞节，而是夫妻真爱的难得与可贵。在我国传统伦理观念中，推崇的是夫妻"重敬而不重爱"。梁鸿与孟光作为夫妻，一生相敬如宾，被认为是一对模范夫妻，至于有没有爱情是不被看重的。张敞与妻子恩爱缠绵，尤其喜欢为妻子画眉毛，却被历代所讽刺和笑骂，认为夫严尽失，视为大耻。对于这种长达几千年的伦理观念，恩格斯曾给予深刻的剖析和批评。他指出：对统治阶级来说，结婚是一种政治行为，起决定作用的是家世的利益，而决不是个人的意愿和爱情。在这种条件下，婚姻不是爱情的产物，反之，爱情却是婚姻的附加物。于是，婚姻的缔结必须是门当户对、父母包办、媒妁之言。男的娶谁为妻，女的嫁谁为夫，当事人只能顺从而无选择，只能恪尽义务而无爱的权利。

这其中，最凄苦的还是女人。丈夫可以有三妻四妾，或游冶于青楼，但女人却绝对不行。丈夫死了，也要守节一生，最后的"表彰"就是立个贞节牌坊。而这一切都是为了维护和强化夫权，为了防止女人产生爱情再嫁。也就是说，在那个年代，妻子与娼妓的不同之处，仅在于她不是出租自己的肉体，而是一次性永远出卖给夫家为奴隶。那么，作为婚姻的义务和夫妻之间附属物的爱情，自然也就难以得到滋生和培育了。总而言之，那个时候不是希望夫妻恩爱，而是想尽一切办法防止爱情的产生。这对今天的人来说，无论如何都是难以置信的。

对于生活在那个年代的李清照和关盼盼，自然也逃脱不了封建礼制的束缚。但她们敢于爱，敢于把爱情作为婚姻的最高追求，敢于坚守自己的爱，至死不渝。这对于今天那些把婚姻作为获取物质利益渠道的人来说，难道不是一种警示吗！如果有爱情、有真爱，结婚后夫妻共同努力，房子终究会有的，汽车终究会有的，富裕也终究会到来的。这样的婚姻和生活不是更有意义、更有趣味、更有价值吗！何必一定要把物质条件作为婚姻的门槛哪。即使你婚前什么都有了，可是唯独没有爱情，这样的婚姻又能维持多久？如果过不下去离了婚，你不仅在物质利益上竹篮打水一场空，而且在情感上也必将受到伤害。爱情至上，应当成为婚姻的首要原则。因为没有爱情的婚姻，是不道德的！

采莲回·爱无言

　　沙山春深花月夜，木屋素影无眠。举杯空念意缠绵，灯残欲醉，何处是尊前。

　　恍若那年回眸处，琴心暗结清蟾。两情虽是对凭阑，金风玉露，岂在朝暮间。

鸾

百鸟簇拥的凤台之巅，
鸾，
脱去了稚嫩的乳毛，
抹掉了嘴角的黄蕾，
告别了疲惫的父母，
开始了一生的飞翔。
她要去寻找，
那和她一样的鸾；
她要去完成，
那神圣的生命续传。

伴着和煦的春风，
飞过那碧绿的田野，
漫山的杜鹃，
但，鸾没有眷恋；

迎着旋迷的烈日，
飞过那翻滚的热浪，
咆哮的河川，
但，鸾依然翱翔；
嗅着秋实的飘香，
飞过那金色的稻浪，
红叶的芬芳，
但，鸾无心品尝；
冒着凛冽的寒风，
飞过那皑皑的山岗，
狂卷的飞雪，
但，鸾并不畏让。

在晨霞飘舞的彩空，
她终于找到了那只鸾。
他们相互鸣叫着，
倾述那挚热的渴望；
他们相依盘旋着，
告白那追寻的艰障；
他们展振着翅膀，
辨析着缤纷的羽裳。

但，
鸾还是飞走了，

因为那羽衫的异样。
她向着更高更远的地方，
继续着不懈的寻航。
直到生命的终点，
再未找到那失去的鸾唱。

情为何物

　　早些年，我在一本书（书名忘记了）里看到过对鸾鸟的描述，大意是说：这鸾是传说中凤凰一类的鸟，也是一只永续飞翔的鸟。因为她只有找到和自己一模一样的鸟（另一半），才会停下来。于是，她不停地飞，不停地找，不分昼夜，不避寒暑。有一天，在她特别特别累的时候，突然发现天上有一只和自己一样的鸟。但她并没有停下来，因为她发现那只鸾的颜色和自己的不一样。这一生，她遇到过不少和自己差不多的鸟，但她却没有找到自己的另一半。因为那只真正和她一样的鸾已经错过了。所以她只能不停地飞，直到生命的终结。这个故事让我感触很深，似乎悟到了什么，可又说不清，于是就写了这首《鸾》。

　　这些年听得多了、见得多了，心里老是在琢磨，这人世间究竟有没有纯真的爱情。正如金代元好问词云："问世间情为何物，直教生死相许。"如果说有，为什么那么多热恋男女为了一房一车或一件琐事而分手，情断爱绝；又有那么多恩爱夫妻，一言不和便反目成仇，说离就离；又有那么多

"老夫老妻"，虽同处一室，却冷若冰霜，形同路人。如果说没有，为什么几千年来人们都在不断追求，又发生了那么多感人至深的爱情故事，出现了那么多恩爱如初、白发偕老的夫妻。这爱情究竟为何物？于是又填作了这首《采莲回·爱无言》。

有一次，我去某地农村调研，中午在一农民家吃饭。这家孩子都出去打工了，只有一对夫妻，和我当时年龄差不多。席间，夫妻俩不停地为对方夹菜，偶尔还会相视一笑，那笑有点羞答答的，像是一对热恋中的情侣，让人觉得暖洋洋的。于是我就开玩笑说：都一把年纪了，还这么恩爱呀。那丈夫便收敛笑容，郑重地对我说：这两口子的感情，就像古时候的钱串子，要靠一个一个地积累，穿在一起那才叫财富。可是它又很不牢靠，如果串钱的绳子断了，这钱也就散了。所以，你既要一个铜板一个铜板地积累，也要特别注意那串钱的绳子是否磨损了。这老农的一番话，说得我恍然忘我，思绪万千，呆坐在那里半天没动筷子。

在回程的车上，我颇有感慨地对一位年轻同事说：这老夫妻算得上是纯真的爱情了。可那同事并不赞同我的评价。他认为所谓纯，就是不含任何杂质、杂色的，也就是没有任何条件的；所谓真，就是不含任何虚假成分，也就是没有任何伪装的。但人活在世上，七情六欲、四季三餐、为人处世，怎么会没有任何条件、没有一点虚假。恰恰相反，必要的条件和善意的谎言，正是爱情所需要的。我只能无语。

那么，这都是些什么条件呢？我用了很长时间在思考。

比如爱情与性。有爱情就必须有性吗？或有性才有爱情吗？性是爱情的条件吗？没有性的爱是不是爱情？存在过吗？从生物学的角度说，性的目的是为了繁衍后代、延续生命。这是性最原始、最古老的意义，是所有动物的本能。这似乎与爱情关系不大，只要是能生孩子，无论爱与不爱，都可以达到这个目的。可是男女一旦有了爱情，又必然会有性，这似乎是个很自然的结果。再扩展一点说，那些"性工作者"以及和她们的那些男人们，有事实上的两性关系，而且是以金钱为媒介的交易，那他们有爱情吗？虽然古时候也有那种一见钟情，并花钱为女人赎身，结婚生子的，而且这些男人要么是当官的，要么是大才子，总之是没有农民的。但从总体上看，这毕竟是极个别的，绝大多是没有什么爱情可言的，男人为了发泄，女人为了赚钱，相互交易，完事走人，如此而已。从这个视角看，性与爱情的必然联系，也是无法自圆其说的。

再看爱情与婚姻。爱情是婚姻的必要条件吗？婚姻是爱情的必然结果吗？或者说，有了爱情就必然要结婚吗？结婚就必须有爱情吗？从社会学的角度说，婚姻是两性间的一种契约，它的本质是一种法律关系，结婚后夫妻双方依然是独立的自然法人，他们之间的这种关系，以及相关的财产，是受到法律保护的，尤其是要保护妇女。

问题的关键在于，这种关系无论是否存在爱情，或其感情是否破裂，在没有办理离婚手续之前，都要受法律保护的。从这个意义上说，一种婚姻关系的成立或存续，与爱情既有关系，也没关系。说它有关系，是说男女结婚总得有点感情吧，彼此之间总得看着顺眼吧。当然也有那种一见钟情，爱得要死要活的，并走入了婚姻殿堂；说它没有关系，是说这种促成他们结婚的爱情，又能维持多久，不是有个"七年之痒"的说法吗，对现今的某些人来说，能"三年之痒"就相当不错了。虽然彼此没了爱情，但婚姻关系还维系着，家庭也还存在，小日子过得也不错。这其中有的是为了孩子，有的是为了财产，有的是为了父母，也有的是为了面子，等等。千奇百怪，非常复杂。但更多的人是因为某种责任，而维系着这种婚姻关系。虽然恩格斯说过，没有爱情的婚姻是不道德的，但这终归是一种道德的约束。

比较常见的是那种"无性婚姻"。这种婚姻别说外人、就是子女都看不出来的。夫妻二人出双入对，小日子红红火火，亲朋面前有说有笑，但事实上以性为基础的夫妻关系已不存在了，说得俗点，两个人就是"搭帮"过日子。那么是什么在维系着这种无性的婚姻哪？那就是某种责任。这种责任或为了曾经的爱，不忍心伤害对方，或为了让孩子有个完整的家，或为了其他的什么原因。

在这种状况下，就比较容易发生婚外情了。但若仔细辨析，这情人们无论如何标榜自己"都是因为爱"，但归根到底都是有所图的，要么金钱，要么房子，要么车子，要么工作，要么出国，总之主要不是为了爱情。不信你看有哪个美女找个农民当情人的。而对那些家里无性而外面有性的男人来说，无论说出多少理由，也无论多么甜言蜜语、海誓山盟，不过是为了性欲的发泄。即使有那么点爱意，也经不住时间的考验。那一时的热血，终归是要凉下来的。至于婚姻，这恐怕并不是这些男人们的选择。

现如今，这两性关系离物质和金钱越来越近，而离爱情却越走越远了。只要有钱，什么样的女人都敢找；只要能得到钱，什么样的男人都可以跟。弄得人们眼花缭乱，有时朋友聚会，尤其久违相遇，让你拿不准朋友与陪伴身边的异性到底是什么关系，更无法判断这人世间还有没有真正的爱情。

　　还有一种情况比较复杂，那就是爱情与自由。不是有那么一首诗吗："生命诚可贵，爱情价更高。若为自由故，两者皆可抛。"这首诗的原意，大家都明白的，无须过多解释。问题是如今的男女对这自由的理解，或者说把它放在两性关系上来权衡，就生出了不少是非。所谓爱情，是一个人对另一个人的爱慕之情，它应当是专一的，于对方而言，它又是专属的。爱情虽无法律保护，却有道德约束。如果一个人同时喜欢几个人，吃着碗里的，看着锅里的，见一个喜欢一个，这恐怕很难说是爱情。假如这时候有什么因素影响了你喜欢的自由或性的自由，比如家庭，那么你就可能选择去偷情；如果偷情不自由，你就可能离婚；如果离婚不成，那你就可能心生歹意，铤而走险。假如你为了这种所谓的自由，你也可能选择不结婚，绕过家庭的束缚，想跟谁跟谁，三天打鱼，两天晒网。而这种"自由"虽可以得一时之快，但最终所留给你的，只能是情感的空虚和晚年的凄凉。

　　说了这么多沉重的话，其实在我心里始终坚信：纯真而美好的爱情是存在的，但它只能存在于精神世界，而与任何形式的物质包括肉体，都没有关系。因为这种纯真的爱情，既不是占有，也不是付出；既可以有性，也可以无性；既可以走向婚姻，也可以与婚姻无涉。她纯洁得如同一泓清泉，没有任何杂质；她真实得如同自我，每一根神经都能感受她的存在。也许你默默地爱着对方，而对方却毫不知情，但这并不妨碍爱情的真实；也许你们已经相互爱慕已久，却连手都没碰过，但这并不会影响爱的美好；也许你们都已经有了各自的家庭和孩子，但这并不会弱化爱情的高尚。因为你们什么都没有做，甚至几年十几年都未曾见面，只是在心中彼此爱慕着。这爱，或许会让你思念，但你不会去寻求做些什么；这爱，或许会让你惆怅，但你不会为此而痛苦；这爱，或许会多少让你分心，但你分享的是幸福。你没有占有对方什么，对方也没有占有你什么；你没有为对方付出什么，对方也没有为你付出什么，但你们却拥有了人类最纯真的情感；也许你们最终都未走入婚姻的殿堂，甚至连这种念头都没有动过，但你们却拥有了爱情的永恒。

单就纯真的爱情而言，双宿双飞，也许不如相思相念；相濡以沫，也许不如寄之以情；相厮相守，也许不如相隔以望。对于人这种已经文明了的动物，这也许就是纯真爱情的本质。不信你看，在古往今来对爱情的描述中，要么是空房闺怨，要么是羁旅相思，要么是思恨别离，总之是没有描写终生厮守的。正如秦观《鹊桥仙》所云："纤云弄巧，飞星传恨，银汉迢迢暗度。金风玉露一相逢，便胜却人间无数。柔情似水，佳期如梦，忍顾鹊桥归路？两情若是久长时，又岂在朝朝暮暮。"

江城子·鸿雁

春风几度润衡阳。锦红堂，画新妆。千转秋波，执手话芬芳。翠雨流霞云绣月，归心迫，望故乡。

风驰雨骤乱山茫。浪千扬，闪雷狂。紫玉烟沉，飞坠伴情亡。血染双衣无限泪，草原夜，琴忧伤。

情之殇

　　有一次去湖南衡阳看望我的朋友，他带我去参观湘江沿岸的文化长廊。老早就知道有"衡阳雁"一说，就让他帮我找一位对此有研究的老师请教。那天下午，我们坐在湘江文化长廊的茶馆里，足足聊了三个多小时，直到天黑了，我们才恋恋不舍地离开那个千百年来鸿雁的栖息之地。当晚，我便填作了这首《江城子·鸿雁》，以拟人的手法，描述了鸿雁对"爱情"的忠贞。

　　鸿雁，也叫大雁，体长八十多厘米，雌雄体羽均为棕灰色，但羽毛也有紫褐色的。鸿雁最美的地方，是从头顶到颈部有一条红棕色的长纹，远远望去，就像一条飘动的红丝带，典雅而高贵。而白色的腹部上分布着黑色条状模纹，更增添了它在飞翔中的立体感。

　　这鸿雁，春夏两季主要在我国内蒙古东部一带栖息繁殖，秋天便飞回南方，主要在我国长江下游及稍南地区越冬，第二年春天，再飞回内蒙古一带，是一种冬候鸟。那么它为什么又被称为"衡阳雁"呢？这不是今天才这么叫的，早在唐宋明清的诗词中，就有这样的称谓。原来，这鸿雁飞过长江后，便在衡阳的湘水、资水、沅水和未水一带栖息下来，而不再继续向南飞了。第二年春天，便从衡阳出发，飞回它的家乡内蒙古草原。"衡阳雁"由此而名。而南岳衡山之上便有回雁峰，想来这个称谓由来已久。

鸿雁有几个很了不起的地方。一个是在古老的《诗经·小雅》中，专门有一篇《鸿雁》："鸿雁于飞，肃肃其羽。之子于征，劬劳于野……"那么这首古诗写的是什么呢？《毛诗序》云："美宣王也。万民离散，不安其居，而能劳来还定安集之，至于矜寡，无不得其所焉。"也就是说，作者以鸿雁南北千里迁徙、聚散离合为喻，赞美周宣王能安集离散的万民，尤其是那穷苦的可怜人和鳏寡老人，使他们各得其所，安居乐业。由此可见，鸿雁在几千年前，就在人类的价值认知中，有了很高的地位。

另一个是鸿雁的秩序性极强，群居而不乱，就食而不争，内部关系井井有条，和睦相处。尤其是在南北迁徙的过程中，这一点表现得尤为突出。一般来说，它们在迁徙中都有一只头雁领头飞翔，其他鸿雁则排列成行，比如"人"字形的队列等，紧随头雁而飞，绝不会越位或出现混乱。偶有幼雁掉队或离队，它的爸爸妈妈就会立刻赶过来，带着幼雁重归队群。每到一地栖息，它们总是按家庭聚集在一起，相互依偎着，度过漫漫长夜。让人看了，真的是叹为观止。可惜的是，现在的人们已经很难见到这样的景观了。因其肉可食，很多鸿雁就成了某些人的口腹美味，真是丧尽天良。也许几十年以后，我们的子孙已不知鸿雁为何物了，更不要说鸿雁给我们在精神上的启迪了。

最重要、最令人凄悲的是，鸿雁对"爱情"的贞烈。每每听到它们的故事，心灵便受到一次强烈的撞击，隐隐作痛，泪水盈盈。

那位老师告诉我，鸿雁是绝对的从一而终，也绝不会乱伦。它们无论是在飞翔中，还是在栖息之地，都是夫妻相随或家人相依，从不分离。假如在飞翔中有一只鸿雁被不幸射中，另一只鸿雁（无论雌雄）便会以极快的速度，头朝下撞地自杀，绝不独生；假如在栖息中有一只鸿雁不幸而亡，另一只鸿雁（无论雌雄）便会绝食而死，绝不苟活。

这让我想到了人类，想到了从古至今人类苦苦追求并不断讴歌的爱情。比如汉代的《上邪》："上邪！我欲与君相知，长命无绝衰。山无陵，江水为竭，冬雷震震，夏雨雪，天地合，乃敢与君绝！"这后两句，已成千古名句，众人皆知，每每欲诵，哽咽难成。还有唐代的《菩萨蛮》："枕前发尽千般愿，要休且待青山烂，水面上秤锤浮，直待黄河彻底枯。白日参辰现，北斗回南面，休即未能休，且待三更见日头。"沈祖棻女士在《宋词赏析》中评价道："前者以高山变平、江水变干、冬天打雷、夏天落雪、天地合并等五种绝对不可能发生的事情；后者以青山烂坏，秤锤浮水、黄河干枯、参辰昼见、北斗南回、三更见日等六种绝对不可能发生的事情，来比譬爱情之不可能'绝'和'休'。其联想之丰富，比拟之奇特，感情之深沉，风格之浑厚、纯朴、刚健"为历代所称颂。从文字上看，人类的爱情感人至深、撼人心魄，高尚而伟大。但在现实生活中，又有多少人曾经拥有过她，或为她而作出必要的牺牲，或为她而付出你的心灵！

当然，我绝对不赞成殉情，也没有必要拿生命去证明什么，但恋人之间、夫妻之间的忠诚，却同样是弥足珍贵的。我也知道，在当今什么都可以用金钱来交换的环境中，写这些话，似乎有点傻。可人类应当牢记的是，我们是已经文明了的动物，我们是人。即使你已经不爱对方了，哪怕说你已经没有了最低级的性冲动了，甚至连拉拉手的欲望都没有了，但彼此间的忠诚，却是不能丧失的。这是恋人之间或夫妻之间最后的底线。也就是说，恋人之间不再有爱了，可以分手，无可非议。但你不能背着对方，另有他人，脚踩两只船、三只船，或那边已经怀上孩子了，这边还在热恋；夫妻之间不再相爱了，可以离婚，也属正常，但你不能视对方为无物，在外搞起情人来，甚至孩子都满地跑了，还没有个名正言顺的爹。这种情况在动物界习以为常，却不该在文明的人类中发生。不幸的是，不仅发生了，而大有"时兴"之势。

这鸿雁还有个不能不说的"雅号"，那就是它被历代诗人当作爱情的"信使"，即"鸿雁传书"。我想这一方面在于鸿雁南北迁徙、春来秋去的天性；另一方面，主要在于鸿雁对"爱情"的忠诚与贞烈。比如南朝乐府《西洲曲》中就有"忆郎郎不至，仰首望飞鸿。鸿飞满西洲，望郎上青楼。楼高望不见，尽日栏杆头……南风知我意，吹梦到西洲。"我想这女子的情郎离她已久，既不见人，又无音信，她只能天天仰望着飞鸿，能给她带来只言片语。但尽管鸿雁南来北往，却没有她期待的音信。无奈之下，她只有拜托"南风"，把她的思念吹到情郎所在的西洲。在这里，她没有责怪鸿雁，也没有绝望，而是把她的期盼寄托给"南风"。态度是积极的。相比较而言，宋代柳永的"断雁无凭，冉冉飞下汀州，思悠悠"，就把这种既得不到信又见不到人的责任和怨气，推到了鸿雁身上。说你鸿雁本该为我传书，却始终不曾担负起你的责任，搞得我茶不思、饭不想，老是放不下。还有一种情况，是虽无抱怨却意在责问，如宋代张炎的"浦湖夜涌平沙白，问断鸿，知落谁家？书又远，空江片月芦花"，说我此前托你带信回去，但却书"不到天涯"。如今虽有回信来，却又不知"书落谁家"，弄得我两头皆落空了。由此可见，"鸿雁传书"这活也是比较难干的，费力不讨好，两头受埋怨。当时要是有如今的手机互联网什么的，这鸿雁也就会轻松许多。

通过鸿雁寄托离愁和思念的，我认为要算宋代李清照的词最好："雁过也，正伤心，却是旧相识。""云中谁寄锦书来，雁字回时，月满西楼。""征鸿过尽，万千心事难寄。"说它好，是因为这是李清照真实情感与生活经历的写照。北宋灭亡后，她随人南渡，到了一个完全陌生的地方，所以看到和她一样南飞的鸿雁，就显得格外亲切。"旧相识"、老朋友，就会生出一种与南人不同的离愁与寄托。而此时她的丈夫已去世，在时局的动乱之中，她的伤感、凄凉和绝望，何止万千。可是南为生地，此已无奈，这一切又能向谁诉说；纵有鸿雁传书，装满心事的信，又能寄给谁？而明代文征明的"万里南来道路长，更将秋色到衡阳……相呼莫向南楼过,应有佳人恼夜凉",则是以一个旁观者的视角,道出了"南楼佳人"的思念与期盼。他对鸿雁说,你们既然没有带来佳人期盼的书信,在飞过南楼时就不要大声鸣叫,悄悄地飞过。如果让佳人知道你们飞来,就会惹起她无限的痛苦和思念。不知,尚有期盼;知无,便生绝望。人之常情。

遍览唐宋明清诗词,以鸿雁为喻体抒发相思之情的,大体上有三种境况:一是闺怨。这是女人的相思。或新婚燕尔,或如胶似漆,丈夫便离家公干,少则数月,多则经年,也有一去不复返的。娇妻青春正盛,独守空房,天天想,月月盼,就会由思念而生怨,由怨而生恨。恨不得"安得妾身今似雨,也随风去与郎同",但又不知"百草千花寒食路,香车系在谁家树",于是便把怨恨发在自己身上,早知如此,何必当初。"春恨秋悲皆自惹,花容月貌为谁妍?"二是羁旅。这是男人的相思。那时交通工具简陋,去一个地方,大半时间花在路上,晚上住在驿馆里,枯灯长夜,身只影单,难免会思念家中的娇妻:"相思相见知何日?此时此夜难为情。"时时刻刻的思念,此时此夜的孤单,感情难以控制。"远路应悲青皖晚,残宵犹得梦依稀。"在这含悲的夜晚,只能期盼与你在梦中相见。可是"相思一夜情多少?地角天涯不足长"。一夜春梦又何能解我相思?"若问相思了期,除非相见时。"三是恨短。久别重逢,相爱恨短。此多为艳诗艳词,恕不引用。

这似乎告诉了我们一个谁都不愿面对的道理,离别相思,厮守情淡;相思情浓,情淡无觉。无论我们是否承认,人就是这样，越是得不到的，越是想占有，由此而生牵挂、思念和期盼。而一旦得到了，又是三天热乎五天新鲜，反而不知珍惜了；两个人分别了，想得要死要活，一旦相聚了，又觉得索然无味。何者，情之殇也。

浪淘沙·闻震

　　惊雷突炸起，巴蜀震颠。心海翻滚已无眠。黄沙千里君安在？漫漫关山。

　　满目空念远，与谁共言？杜鹃声里人何堪。梦里何时与君见，杳杳飞烟。

人间大爱

2008年汶川地震那天，我正在从韶山回长沙的路上。由于汽车时有颠簸，大家昏昏欲睡，都没有感觉到什么。快到长沙的时候，就有朋友发短信、打电话，说四川地震了。我当时并没有意识到这次地震有多严重。

回到宾馆后马上打开电视机，中央电视台已经有报道，虽然没有多少画面，但已让人感到这次地震的严重性。我在四川有不少朋友和学生，他们怎么样，还安全吗？于是我一口气打了二十多个电话，除少数几人外，大都无法接通。这就更加重了我的担忧，整个人焦虑不安，不停地在房间里走动。

按照日程安排，下午四点多，我们要到三一重工召开团员青年座谈会。等我们到了那里，却看到三一重工的团委书记梁在中，正在与几位公司领导商量赴汶川救灾的事。我听到，他们打算组织一支青年抗震救灾队伍，由梁在中带队，开着他们自己生产的挖掘设备和物资，连夜出发，赶往四川灾区。在这种情况下，我们的座谈会也只能草草收场。晚上，我们在职工食堂吃饭时，大家不约而同地起立，为在汶川地震中遇难的同胞默哀。梁在中他们匆匆吃了碗米饭，便忙着去准备了，因为救灾车队必须在午夜十二点以前出发。后来听说，这支救灾队伍一直战斗在汶川灾区。

那一夜，我一直坐在电视机前，不断地变换频道，搜索一切可能的信息。一边不停地拨打电话，盼望着能有朋友们的确切消息。就这样，一直到凌晨两点多，我才在沙发上和衣睡去。第二天，省里有关方面通知我们，由于抗震救灾，我们余下的调研任务取消了。于是，我们便在当天赶回了北京。当天晚上，我填写了这首《浪淘沙·闻震》。

让我没有想到的是，一进家门就见有两位老乡在等我。我连衣服都没来得及换，就被他俩拉坐在沙发上，谈了起来。他俩来找我只有一个目的，就是希望由我出面，动员老乡朋友为灾区捐款。这当然也是我的愿望。于是，我们三人打开手机，开始拉名单，你提一个，他提一个，共选出了五十多位家境较好的朋友，由我编了一条短信，分别给他们一一发出去。这时已是晚上十点多了。

我之所以把这件事写出来，是因为这两位老乡既不是公职人员，也不是党员，就是个普普通通的生意人，而且生意做得也不大，也没有多少钱。平日里对"国家大事"、"重大事件"，也不是很关心，很少看电视，就是平平淡淡地过着自己的小康生活。而对这次汶川地震，他们俩却非常关心，先后三次捐款捐物，虽然数量都不大，却也尽了他们的全力。通过这次地震我才知道，此前的五年里，他们俩一直在默默地资助着贫困地区的小学生完成学业，每年每人资助三名小学生。从不对别人说，连他们公司的人都不知道。有次我问他俩，以后还会继续资助吗？他们俩都说："必须地！"这件事对我触动很大，在看上去人人只顾自身利益的社会里，其实还潜藏着巨大的正能量；在那些看上去普普通通的老百姓心里，还燃烧着炽热的情感；在被某些人视为自私冷漠的90后青年思想中，依然蒸腾着对国家和民族的关注，这就是正义和善良。正因为有这些，每每在灾难面前，我们中华民族都会表现出超强的团结和力量，去战胜一切艰难险阻。

汶川地震发生一个多月以后，一位北京的朋友给我打电话约我喝茶，讲述了他在地震中的亲身经历。

他是一位作家，虽然没什么名气，却也发表了不少作品，与我也算是多年的诗友。这位朋友有个"怪癖"，就是从不在家里写作。如果有了想法，要写作了，就天南海北、国内国外随便找个地方，关掉手机专心写作。直到他回家，没人知道他在哪，也没人能和他联系上。他在家里只做一件事，那就是木匠活，可以说是酷爱。他们家大大小小的家具没有一样是买的，全部是他自己做的。这些年，又醉心于红木，什么黄花梨、酸枣枝等等，做一些大大小小、各种各样的小玩意，见谁送谁，孜孜不倦，以此为乐。

在地震前，他去四川都江堰的某村租了个房子写作。这户农家，孩子都出去打工，只有一位老大娘留守。除了做些农活，也给我这朋友做做饭什么的。地震那天，我朋友住的那间房子倒了半面墙，不知怎么的就压住了他的双腿。而老大娘住的那边房子却安然无恙。等老大娘赶过来的时候，我的朋友连惊带痛，已是满头大汗，说不出话来。这位大娘冒着余震，不顾个人安危，又是给他擦汗，又是喂他喝水，又是竭尽全力地搬墙砖，忙得脚不沾地。但是那么一大面断墙，无论如何都不是老大娘力所能及的。等我朋友缓过神来，告诉她去找邻居们帮忙，这位老大娘才回过神来，赶紧跑出去找人。她很可能是被这突如其来的情况吓晕了，脑子里只想着赶紧救人。

幸运的是，我的朋友并没有骨折，也没有伤及脏器。在老大娘的精心照料下，很快就恢复了。他夫人去四川接他的时候，带了一万块钱，想给老大娘作为答谢，但老大娘无论如何都不收。实在没有办法，这两口子只好留了下来，帮着老大娘把房子修理好。我这朋友又大显身手一回，弄了一些旧木料，给老大娘家里做了一套家具，把一个破旧的家弄得焕然一新。这期间，老大娘的孩子也从外地赶了回来，带了一万多块钱，非要给我朋友，算作修房子打家具的费用。我这朋友是那种"梁山好汉"的性子，怎么肯收这笔钱。于是这两口子干脆双腿跪地，认了干娘。这你给我、我给你的事，才算告一段落。

这之后，两家处得还真跟亲人似的，我这朋友也把这位老大娘当成了亲娘，逢人便说，他的这条命是老人家给的。有一年春节，我朋友把老大娘接到了北京，说是要过个团圆年。于是，他天天开着车拉着老大娘逛北京，吃小吃。有时还把我叫上，一起陪着老大娘。这位老大娘七十多岁，身体很硬朗，干起活来，相当麻利。只是头发都白了，这可能与她早年丧夫、自己把几个孩子拉扯大的艰辛经历有关。老大娘识字不多，一张报纸勉强可以看个大概，但她特别喜欢别人给讲报纸，没听明白的，还要问上一问，很是认真。我这朋友原本是不怎么看报的，为了老大娘高兴，他每天都要去报亭买几份报纸，回来一边喝茶一边给老大娘讲。等把老大娘送回四川后，我这朋友反倒是离不开报纸了，遇到他认为有趣的事，还要打电话给老大娘讲上一番。我笑他"重新做人（终于看报）了"，他很认真地说，为了老太太高兴。

在那段日子里，我真的很羡慕这位朋友。我知道他十几岁时母亲就去世了，他是由姑姑抚养大的。后来考上北京的大学，毕业也就留下来了。这一次，在不幸的地震中，他有幸找回了母亲的温暖，他又有了母爱，又有了侍奉母亲的那种牵挂和成就。他是幸福的。

这几年，我这位朋友跟变了个人似的，说话办事和以前大不一样了。其中最让我意料不到的，是他不再做木匠活了，也不再折腾什么红木黄木了，把家里存的货全卖了，包括那些他爱不释手的小玩意。然后拿这笔钱与几个朋友一起，搞起了慈善事业，帮着贫困地区少儿治病，也是乐此不疲。前些日子我们一起喝茶，他拿了一大堆"光辉业绩"给我看，照片呀、表格呀、报道呀，言语间透着一种充实、自豪和幸福。我很为他高兴。

汶川地震，让我懂得了许多，尤其是这人间大爱。懂得爱，真的很幸福，很快乐。

画屏春·三月三

　　踏青三月春意闹，湔裙婉娩新头。戏水泛舟伴郎游，苹花拾翠，群芳数风流。

　　香荑斗草羞红笑，纤手挑菜争柔。蛮腰翻舞对歌求，秀林不禁，青春竞自由。

少女节

　　看了这个题目，也许有人会问，不是有了三八妇女节吗，缘何再设一个少女节？其实，这三八妇女节与情人节、感恩节一样，也是个洋节。据文献记载，1909年3月8日这一天，美国芝加哥女工因要求男女平等权利而举行了示威，举国震动。次年8月，第二次国际社会主义者妇女大会在丹麦的哥本哈根召开，决定以每年的3月8日为国际妇女节。

　　我要说的是，除了这个三八妇女节，咱们中国人也应当有个自己的少女节。据史料记载，我国古代就有类似的节日。比如五月有女儿节，具体时间是初一至端午日；七月有七夕节，也叫乞巧节、女儿节、少女节、女节。虽然各地称谓不同，但基本形式相差不大，就是七夕这天晚上，女孩们围坐庭园，摆上瓜果，陈设香烛，手持女红，向渡河的织女乞巧，希望织女赐给她们高超的工艺技巧。然后是女红斗巧、游戏等。与今人所说的"七夕情人节"不太一样。假如我们真的把"七夕"作为情人节，牛郎织女一年一见的那种凄伤之感，当代青年恐怕也难以接受。

咱们中国人真正的情人节或少女节，应当是仲春三月三的上巳节，也有学者称之为古代的"性自由节"。当然古代的"性自由"，主要是指择偶的自由，而不是西方所说的"性自由"。最重要的，这不是一个民间自发的节日，而是政府规定的节日。《周礼·媒氏》条："仲春之月，令会男女，于是时也，奔者不禁。"就是在三月三这一天，允许青年男女走出家门，或相戏于水滨，或相会于山野，湔裙沐浴，嬉戏相欢，祓禊去疾，祈介福祉。而且这一天，不分官民，没有贵贱，"皆絜于东流水上，洗濯祓除"。其规模也是相当壮观的，"莫不方轨连轸"，人流相顾，接踵而行，"男则朱服耀路，女则锦绮粲烂"。到了后来，更发展到了兰亭宴集、金谷之会、鹅湖之会等高档的大型活动。表现出在春天万物勃发之际，人类对乐生、畅生、达生和播扬生命的强烈追求。

那么，古人在这一天都做些什么呢？除了上边说的在水边湔裙沐浴、祓除宿垢等，这些带有仪式性的活动外，更多的则是青年男女在水边播扬生命、美化生命的同乐活动。比如"踏青秀野"：这一天，女孩子们沐浴后，都要穿上最漂亮的衣裳，精心打扮一番，带上自己亲手绣制的香袋、荷包、绣球等，结伴奔向水滨或山野，开始了一天的踏青秀野。正如梁简文帝在《和人渡水》一诗中所描写的那样"带前结香草，鬓边插石榴"。还有"斗草挑菜"活动。女孩子们相聚于水边山野，相互斗草，你争我夺，嬉戏一团。说起这斗草，我小时候还真看过女孩子玩儿，输了的要把自己头上的花戴在赢了的女孩头上，等到回家的时候，有的女孩子竟是满头的小野花，真的是很热闹。宋代柳永有词再现了这一盛况："盈盈。斗草踏青。人艳冶、递逢迎。向路旁往往，遗簪堕珥，珠翠纵横。欢情。对佳丽地，信金罍罄竭玉山倾。拼却明朝永日，画堂一枕春醒。"

还有"芳洲拾翠"。就是在水边或山野中，摘一些香草野花，装在香袋或荷包里，然后赠给自己喜欢的男孩子。这时候，你会看到漫山遍野的碧草花丛之中，黑发飘舞，轻裙波荡，大自然把青春的美丽推向了极致。这是当代酒吧、咖啡屋的女孩之美所无法比拟的。还有"聚餐于滨"，这种聚餐也与今天不同，食物都是每个人精心准备的，而聚餐的人也大都是在踏青秀野中刚刚认识的男女朋友。大家各呈美食，欢歌笑语，倾诉衷肠。竟然是"暮忘归"、"江月更明"。真的是"青春竟自由"。所有这些活动归结起来，只有一个目的：那就是自由相爱、自主择偶。虽然每年只有这么一天，但在封建礼教和伦理的桎梏之下，这是多么的难能可贵。无论如何，青春的活力得到了绽放！

从整体上看，三月三上巳节有两个极其鲜明的特点，一个是以水为主题。无论是湔裙沐浴，还是各种活动，都是围绕这个主题展开的。这无疑彰显了先贤对"水为万物之源"的文化追求，以及对水与生命、水与爱情、观水说理、观水参禅的深刻认识。二是以少女为主体。我们在上述活动中不难看出，起主导作用的都是少女。说得俗一点，在整个这一天，不是男人选择女人，而是女人在选择男人。比如"芳洲拾翠"，不是男人想要香袋，人家就给你的；而是女人先得喜欢你，然后才能把香袋或荷包赠给你。这对生活在社会最底层、毫无自主权的女人来说，真的是个神圣之日。即使放眼全球，在那个年代能有这样的节日，恐怕也是绝无仅有的。对于这个节日，我在查阅填词资料的过程中，常常感慨不已。于是就填作这首《画屏春·三月三》。

从内心的愿望来说，我是希望有关方面：能充分吸纳包括三八妇女节、古代的五月女儿节、七夕节、三月三上巳节、西方的情人节等健康要素，通过整合创新，设立一个咱们中国人自己的少女节。这既可以促进中华民族优秀文化的传承，也是当代文化建设的一种探索。那么，设立这样一个节日究竟有没有价值，我是这么看的：

首先对女人教育会有很大的促进作用。关于女人教育，古代是比较系统的，比如"三从四德"什么的，即"未嫁从父、既嫁从夫，夫死从子"，"妇德、妇言、妇容、妇功"，等等。从妇女解放和男女平等的意义上说，这都属于封建糟粕，更谈不上什么继承了。当然，古代在女人教育中，也有一些有价值的内容，比如对爱情的忠贞，对家庭的忠诚，等等，还是应当传承和弘扬的。正如金代元好问诗云："枝间新绿一重重，小蕾深处数点红。爱惜芳心莫轻吐，且教桃李闹春风。"这样的观念无论在什么年代，都是应该得到尊重的。

现在妇女是解放了，男女也平等了，但针对女人的特殊教育却没有了，旧的破除了，新的却没立起来。我之所以说女人的教育是一种特殊教育，根本的一点，就在于绝大多数女人都要成为母亲，而母亲是人的第一位老师，母亲的品德、操守、知识、兴趣爱好，乃至言谈举止，对人的一生影响极大，我本人就有这样的切身感受。而问题的关键在于，并不是每个女人天生就会做母亲的。母亲虽然不是一种职业，但她与所有的职业一样，是需要教育和培养的，而其意义比任何职业都重要，因为母亲的"职业"是育人，不仅要育出身体健康的人，而且要育出有品德的人。遗憾的是，我至今没有看到哪个地方、哪个组织系统地开展过"如何做母亲"的教育。相反，告诉父母如何教育孩子的书倒是层出不穷，什么"狼爸""虎妈"的，眼睛只盯着孩子，而忽视了负有养育之责的父母。殊不知连父母都不知如何做的人，又怎么能教育好自己的孩子。这就像连怎么当老师都不懂的人，又怎么去教育学生。

我有一个亲戚住在城乡结合部，那里进城务工人员比较多，小孩子满街跑。我曾问过亲戚，这些孩子怎么没人管？亲戚给我讲了例子。有位年轻母亲是个麻将迷，一天到晚除了睡觉，都在麻将桌上，连早午晚餐都不停手。她的第一个孩子常常被拴在桌子腿上，饿了就随便给点什么吃的。后来又生了二胎，这照料老二的任务就全由老大承包了，她自顾打自己的麻将。这老大饿急了，就拿着小刀子去街上抢别的孩子的吃食，回来给老二吃。我的亲戚曾好奇地问过那位女士，她的回答让人无语："我从小到大谁管过，不照样活得爽。"很显然。她并不觉得自己有什么问题，更不知道怎样做一个母亲。因为这一切包括她的母亲在内，没有任何人告诉过她。俗话说：三岁看大，七岁看老。在这样的环境中长大的孩子，将来会是个什么样子。八十年代，我作为一名教研人员，曾经在一个少年管教所做过二十多天的调研。我发现，他们每一个过失的背后，都能找到父母的失职，这不是个案，而是极其普遍的问题。

敬请各位女士读者不要误解，我说这些，并不表明男人作为父亲就没有责任了，只是出于主题需要，没有讲到而已。

其次，设立这个节日，对于促进男女交往、自由择偶也是有价值的。说来也怪，现在通信便利了，交通方便了，各种可资交往的场所到处都是，但男女的交往和择偶机会反而少了。大家整天待在写字楼里，或奔波于"征途"之中，尤其是有车一族，更极大地减少了接触他人的机会，上班一个人去，下班一个人归。除了单位的人，一年下来几乎接触不到其他人。有一位"忘年交"朋友问我，现在找个对象怎么这么难。我说你想要找对象，先把车停了，每天坐公共汽车上下班。他当然做不到。在这种情况下，男女之间的交往只能是一个网络一部手机了，整天对着网络找朋友、谈恋爱，难有成就。弄得实在没有办法了，只有老爹老妈举着牌子，穿梭于公园之间，无论寒冬还是酷暑，从不敢疏忽，生怕错过一段姻缘。那么孩子理解吗、感激吗？有理解的，更多的是不理解，不然怎么搞出一个"逼婚"之说，甚至连春节都不敢回家。这怨谁？谁也怨不得，只能说一句"可怜天下父母心"啊！

假如我们设立这么个节日，又突出了少女在交往和择偶中的主导地位，各种社会化平台就会应运而生，商家更不会放过这样的好机会，各种活动、各种商品、各种场所，也必将如雨后春笋。我们的青年男女便会有更多的去处、更多的接触机会，或相聚于水滨，或追逐于秀野，或携手于园林，在大自然的拥抱下，绽放青春的花蕾。

从国家层面上说，我们可以借助这个节日平台，整合社会资源，联合社会力量，常年举办女童保护培训班、少女培训班（即如海外的女孩教育）、母亲培训班等等，促进女人教育社会化体系的形成。这无论对中华民族，还是对每个女人，乃至每个家庭，都是有百利而无一害的。

千叶莲·本色

妖娆满目斗画长，荷裙轻舞伴鸳鸯。吹冷百花芳心苦，遇露芙蓉圆藕香。

佛家座，宝灯房，淤泥不染自清芳。古今多少风流事，曲高不肯就画堂。

红尘自守

九十年代有几年我身体不太好，每天下班后，就去单位附近的紫竹院公园锻炼身体，或健步走，或练八段锦。到了夏天，满池的荷花，真的是"盈池碧波红半边"，就连游船上姑娘们的脸庞，都被荷花映照得"翠丛轻点羞红"，"碧波映得两芙蓉"。确是一种难得的美景。

几年下来，和常在公园锻炼的人也就熟悉了。休息时，大家免不了说古道今，而这荷花却往往成为主题，兴致所起，大家还相互与荷花拍个照。说得多了，我对荷花也就有了一些新的感触。她本出于污泥，但却洁而清华，濯而不妖，不争不媚，悠然地自守着本性。令人感慨！于是，就填写了这首《千叶莲·本色》。第二天，拿给一起锻炼的人看，大家都说好。有位老同志还给这首词谱了曲子，叫《荷花颂》，唱给我们大家听，也是凑个热闹。后来我的身体逐渐好了起来，工作又忙，便没再去过紫竹院公园，后面的事便不得而知了。

但这首词却一直摆在我的床头，临睡前看看，脑海中总有一个念头，那就是"红尘自守"。于是就把这些星星点点的想法记下来，也算一文。

这几十年下来，我们的社会环境发生了太大的变化，很多事在我年轻时，不要说做，就连想都不曾想过。而今却接二连三地发生了，愈演愈烈；五花八门，愈来愈全，甚至形成相当规模的产业链。但概括起来，无非是钱色二字。这两件事，对人有极大的诱惑力，犹如"身在水中，容你不得不上船"，硬生生地把无数的"好人"，先拉下水，再上贼船。于是人们为了得到色，就必须搞到更多的钱，什么事也都做得出来了；或为了钱而去抓权，抓不到权，就去攀龙附凤，拉大旗做虎皮，倒也一时行得通。把一个好端端的家园，搞得鸡飞狗跳，妖风日盛。

请注意：我无权批评谁，更不是指责谁，我要表达的是，这些问题我们解决不了，但如何守住自己的人生底线，却是每个人都应当考虑的。说得白一点，别人的事你管不了，自己的事总是可以管得住吧。但是我们这种文明了的动物，却偏偏有一种本事，出了问题总是而且特别善于从别人身上找原因。明明是你收了人家的钱，却偏要说实在是推脱不掉；明明是你把人家肚子搞大了，却偏说人家如何缠着你不放；明明是你黑了人家的钱，却偏要怪人家太傻。总之是千般说辞，万般无奈，都是别人的错，就是不从自己身上找找原因，又如何谈得上自守。

话又说回来，在红尘中自守，确也不是件容易的事，这不仅需要高度的自觉，也需要一种强烈的自省意识，更需要一种敬畏之心。如果你不愿听那些道德伦理说教，那就看看宋代周敦颐的《爱莲说》吧："予独爱莲之出淤泥而不染，濯清涟而不妖，中通外直，不蔓不枝，香远益清，亭亭净植，可远观而不可亵玩焉。"这就是荷花的品质。从这种品质中，我们应该悟出点什么。

在红尘中自守，首要的一条就是要耐得住清贫。大别墅有大别墅的麻烦，小陋室有小陋室的温馨；山珍海味有山珍海味的烦恼，粗茶淡饭有粗茶淡饭的健康；宝马香车有宝马香车的苦闷，安步当车有安步当车的悠闲。活的就是个自我，犯不上去羡慕人家，更不要去忌妒人家，这样活着是无法幸福的。如果你非要和人家攀比，你又没那个条件，那只能走歪门邪道了，这就离出事不远了。

据《续晋阳秋》记载，晋代有个名叫车胤的读书人，家境贫寒，白天要干活谋生，只能在晚上读书，但又无钱买灯油。他就捉了很多萤火虫，装进一个纱囊里，借着萤火虫发出的光亮，坚持读书。亲朋邻里看他是个有志向有毅力的青年，都愿意接济帮助他，但车胤都谢而不受，坚守自己的清贫。后来终于学有所成，当上了朝廷的吏部尚书。按说他可以享受富贵了，但他还是守着过去那种清贫的生活方式不变。相比较而言，我们很多人不仅清贫时守不住，连做梦都想着怎么一夜暴富。千方百计地寻找发财的机会，找不到机会，就又诈又骗，什么样的损招都想得出来，也都敢用，再发不了财，就仇富，恨不得弄死别人以自富。等到真的富贵了，就更不要说自守了，花天酒地，无所不用其极。

其实人类和大自然是一样的，都是因多元而存在的。小草不因大树而自弱，小溪不因大河而自卑。有富人，就会有相对的"穷人"；有高官，就会有百姓。即使到了共产主义社会，人也不可能都是一样的富有。而真正的幸福，就在于守着自己的本分过日子，无论是贫是富、是官是民，都是一种生活。

这其次一条，就是要耐得住寂寞。这功名利禄当然是好事，谁都会有所向往，有所追求，无可厚非。但这又是有条件的，也不是任谁想要就能得到的。最好的态度就是，只管从主观上下苦功学习锤炼，努力工作，而把功名是否能得到，当做是客观的结果。得到了，受之无愧；没得到，也不必怨天尤人，或自暴自弃。看得淡了，也就守得住了。

西晋名士李密，生下来六个月，父亲就去世了。后来母亲又改嫁了，他就由祖母抚养成人。由于他品学兼优，在当地名气很大。西晋王朝建立后，李密先后被举为孝廉、秀才。晋武帝又下诏征召他为郎中，后又让他当洗马之职，郡县两府接二连三地催他赴任，但他都一一谢绝了。李密在给晋武帝上的《陈情表》中说，他之所以拒不赴召，是为了照料年过九十的祖母。没有祖母，我也就没有今天；祖母没有我，也不能终享天年。后来，祖母去世了，他又为祖母守孝三年，这才去朝廷做了官。这一年，李密已年近五十了。

据历史记载，李密是很有学问的，文章也写得很好，治学刻苦而严谨，但他在主观上并没有把这一切作为当官的阶梯，也没有为自己设计个什么宏伟官图，更没有投靠投机什么大人，以图晋升。他当时唯一的目的，就是赡养祖母。我相信，李密清楚地知道，作为臣民，有为国家尽忠的义务；作为一个满腹经纶的热血青年，他也有投身国家大业、以便一展抱负的雄心壮志。但为了恪尽孝道，他耐住了青灯黄卷、孤村野岭的寂寞，顶住了滚滚红尘的诱惑，最终实现了自己的人生价值。

最重要的一条，就是为人处世要坚持原则，守住底线。人活在世上，亲朋好友、上级下属、邻里乡亲，有个礼尚往来、相聚小酌，也是人之常情，任谁也是不能完全避免的。但这里面也有个原则，也有个底线。在现实生活中，原则有时可以灵活一点，但底线是不能突破的，也是不能触碰的。能不能守住这些原则或底线，对人的一生是极为重要的。也许有人会认为，这样太不近人情了，或太古板了，容易被人家误解，成为无亲无友的孤家寡人。但从长远上看，从自由而幸福地度过一生的终极价值来看，这是值得的，也是必须的。因为只有失去了自由的人，才真正懂得自由的可贵。

明代的名臣于谦可以为我们做个例证。据明代都穆的《都公谭纂》记载，于谦在担任知府和巡抚期间，为官非常清廉，同时对属官的要求也很严格，坚决禁止受贿贪赃。后来他调任兵部侍郎，按当时的陋规，地方官调任京官时，必须要给上级送礼，比如端砚、湖笔、人参、鹿茸、冬虫夏草等。但于谦在上任时，竟连蘑菇和线香之类的小物件，都没带一件。一些属下好友劝他还是入乡随俗的好，但他认为：我只要清白做官，认真做事，任他们怎么看就怎么看，并写了一首七言绝句以明心志："绢帕麻茹与线香，本资民用反为殃。清风两袖朝天去，免得闾阎话短长。"土木之变后，于谦由兵部侍郎升任兵部尚书，战功卓著，但他始终如一地坚守着做人为官的底线，不曾有丝毫的破越，以致死后，家无余资，堪称中华民族历史上的一代廉臣。

古人做官，讲究的是"洗手奉职"。做官前要先把手洗干净，表明自己的心志，然后再接受任职；做官后要勤洗手，不该拿的绝对不伸手，不该碰的绝对不出手，不该要的绝对不插手；谢官后，还是一双干净的手。再进一步分析，能够在红尘中自守的，必得有个敬畏之心。不仅要敬畏自然、敬畏法纪、敬畏人言，更要敬畏自己的良心。尤其是在一个人独处或只有两个人的时候，似乎做什么都不会被别人知道，便放手去拿、放心去收。假如这个时候，你能有一个敬畏之心，便会想到法纪的尊严与不赦，你就会感觉到"头上三尺有神灵"的内惧，最起码你也会掂量一下自己的良心是否过得去。这样，也许就能把你从错误或违纪违法的边缘上拉回来。老话说，无知者无畏，现在恐怕是有知者也无畏。就说这贪官，什么法律纪律不知道，却偏偏就是个无畏。自视老子天下第一，任性而为，肆意而行，谁送都敢收，送什么都敢拿，到处伸手，四处插手。到头来，只能被锁住双手。

这就不能不说到东汉名臣杨震。这个人通晓诸经，忠直笃任，在当时是个很有学问、很有名气的朝中太尉，人称"关西孔子"。他在任荆州刺史时，有个托他办事的人送了十斤黄金给他，杨震不收。那人便说，此时夜深，只有你我二人，无人能知。杨震告诉他，"天知、神知、我知、子知，何谓无知？"杨震之所以能拒收重金，便是那个敬畏之心发挥了关键的作用。内心有畏，外必有惧。内心有敬，外必有审。虽然只有你我二人，但上有苍天看着，下有诸神盯着，外有送礼之人，内有自己的良心，怎可侥幸于无知。

还有，要守得住，就要慎交友。人生在世当是朋友越多越好，但事实上并不是每个人都可以做朋友的。尤其在当代，交个真朋友并不是一件容易的事，一不留神，就可能跟着进去了。这些年，稀里糊涂跟着"朋友"吃瓜落的人，也不是个别现象。对这个问题，古人的交友原则，可以给我们一些启发：一是择友无功利，只求志同道合，趣味相同。而不是谁官大跟谁交朋友，谁有钱跟谁交朋友，更不可谁有用跟谁交朋友，谁能帮上自己就跟谁交朋友。这样，不仅交不到真朋友，反而会失去更多的真朋友。

　　二是交友不同利。也就是说朋友之间，最好不要做生意，也不要金钱等利益来往。朋友一起做生意，赚钱了大家都欢喜，一旦亏本了，朋友也就不好做了。老话说，亲兄弟还得明算账，生意场上无父子，又怎么会有交情可言。说到底，还是君子之交淡如水的好。有什么快乐，一起分享；有什么痛苦，相互倾诉；有什么难处，互助为力；休假了一起旅个游，得空了，一起小酌几杯；忙起来，各干各的工作。这才是朋友之交。

　　三是断友善割席。和朋友处不下去了，也不要大吵大闹，翻脸不认人，或四处说人家的坏话，或大打出手，甚至写个诬告信什么的，非得整坏人家的名声。这都有失人格。最好的办法就是：轻轻地来，默默地去。化干戈于无声。山不转水转，也给日后相见留下个余地。

　　红尘自守，守的是自身的名节、自家的性命；守的是自己的家庭、自家的子孙，而不是做给别人看的。人生最大的财富是生命，最宝贵的是你还有自由！

二灵夕照

烟霞起舞日西垂，二灵树头彩练飞。

荡起清波金点点，红鳞漫涌滟滟随。

扁舟唱响樵风起，网满鸣榔望翠归。

柳下木屋关山客，依依向晚伴余晖。

化育心灵

这首《二灵夕照》，是在宁波东钱湖填写的。当时急着用，有点"应制"的意思，未及静心修改，写完了也就过去了。这次收入本集，又按格律作了修正。

去年10月，第四届中国湖泊休闲节搞了个书画展，有同事在现场打电话给我，说我的一首诗被题写在杜巽先生的《扁舟帆影图》上了。这自是让我受宠若惊。细细想来，我与杜巽先生素昧平生，怎么会用我的诗呢？又看了一下简介，杜巽先生是位名人，已经七十多岁了，他的画很有名气。于是，我便托同事把这幅画买了回来，挂在家中客厅，意境深邃，化育心灵。

有人说，诗人的天职，不过是将人类囚禁在躯体内的灵魂解放出来。

我能够理解这句话的含义，也赞同诗人应有这样的精神和责任感。但我觉得这话说得有点大，至少大多数诗人没有这个本事。至于李杜苏辛的诗词解放了多少灵魂，这些被解放了的灵魂，又都做了些什么，恐怕也是见仁见智的事了。

我的体会是，诗词同其他文学形态一样，都是一种按某种情感或意境创造出来的"客观世界"。它来源于生活，而又高于生活，它是现实的，又是理想的，它是世俗的，又是灵境的。诗词那种超越了现实的意境和美感，是人们在现实生活中既熟悉而又陌生，既需要而又少有体验的精神价值。所以，诗词的本质是一种精神或意境的创造活动。正如刘熙载在《艺概·诗概》中所说："山之精神写不出，以烟霞写之；春之精神写不出，以草树写之。故诗无气象，则精神亦无所寓矣。"由此可见，诗词不过是某种精神的载体，因而它的意境和美感，才能给人以更深刻的感受、更丰富的想象、更强烈的震撼，也才可能激发生命的活力，并进而调动人的想象力和创造力，让人活得更自由、更深刻、更有意义。从这个意义上说，诗词的作用，就在于它能像细雨润物那样，滋润和化育人的心灵！所以诗词不能"实读"，要"读活"，就是要有想象力。

　　其中，这个"化"字在诗词中的作用，可以算得上是个基本功能，含义极其深刻。面对某种变化，我们今天多用"发生"、"产生"来表述，而古人却多用"化生"来表达。这不仅是用词的不同，也是结果与过程的不同。

　　所谓"化"，就是在某种外力的作用下，你会慢慢地在不知不觉中发生着改变，这种外力是无形的、软性的。因此，诗词并不具有"功利性方法"的作用，既不能教你怎么做事，也不是要把你培养成什么样的人，更不是要解放什么东西，而是通过"文"的内容和形态，化生出纯洁美好的追求和积极向善的心灵。我觉得，这应当是"文化"二字的原本含义。也就是说，"文化"不是某个事物的名称和结果，而是一个能动的过程，是一个"以文化物、以文化人"的过程。这同时也表明，这种"以文化人"的过程，肯定不是灌输的过程，也不可能是我教你做的过程，它一定是在某种意境和美感体验中化育心灵的过程。

这就要求，诗词创造的意境和美感一定是生活的、普遍的，但又必须是朦胧的、超现实的。比如春天、秋天、梅花、柳树、道别、离别、旅途等，有谁没见过、没经历过，习以为常，你就会没感觉了。但诗人创造出来的春天等意境，已经不再是春天的真实，而是赋予她某种灵性和追求的春天，美感由此化生。再如失恋，很多人经历过，但却很少有人能够说清楚那种滋味。说不出来，反成压抑，轻者一醉，重者跳楼。而诗词所独有的表达与深刻，会让你如遇知音，一泻而空，化抑为扬。

当这种意境和美感与心灵深处某个敏感点相碰撞，就会擦出某种瞬间的火花。也许这火花一闪而过，但你的心里一定会有种别样的感觉，熟悉而又陌生，甜蜜而又痛楚，强烈而又短暂。如果你读得多了，想得深了，感受积累起来了，那火花就会慢慢地燃烧起来，化生出一种新的强大的正能量。这时，你再去看外面的世界，你再去看那早已熟悉了的山和水，你的感受将会有很大的不同；你再去和同事朋友接触，你的语境、你的笑容、你的举止，将更有魅力。这，就是诗词所独有的"化育"功能。

比如，有些外国人说我们中国人不会笑，缺乏幽默感。说话总是板着脸，语言枯燥生硬。假如真的存在这个问题，也不是什么知识和理论水平问题，更不是什么能力问题，而是在我们的精神世界中，缺少些相应的意境和审美修养，空白处多了些。如此，我们在为人处世中，便很难发现和体验那些美好的东西、有趣的东西。没有美好的心境，又怎么能笑得出来，又怎么能幽默起来哪。

但是，这"化育"的过程，有个不可或缺的条件，就是个体的需求和自觉。没有这种心灵的需求和个体的自觉，任凭你多么好的诗词，也是没有用处的。千百年来，唐诗还是那些唐诗，宋词还是那些宋词，包括改革开放之初，写出的那么多自由体诗，也还摆在那里。可如今又有多少人喜欢去看，又有多少人理解了，读得懂。没有了这种普遍的社会需求，诗人也就慢慢地少了，更不要说专业的诗词作家了；没有了这种个体的自觉，整个社会也就淡化了对意境和美感的追求。除了物欲的满足，几乎没有什么东西能激发心灵的冲动了，就连爱情这种至高无上、圣洁美好的人类情感，都可以用金钱交换了。这种情况下，你再去和他谈诗词，说意境和美感，那只能是自找没趣了。所以说，假如诗人还算是个职业，那一定是当代最痛苦的职业。

这种痛苦而无奈的感觉，在我读《奇点临近》（雷·库兹韦尔著）的过程中，变得异常的强烈。

雷·库兹韦尔先生在这本书中，详细地介绍了美国及西方科技创新研究的主要成果，并基于这些成果的功能与趋势，预测到2045年非生物智能将超过十多亿倍于今天人类的智慧，使人类自身从生物智能过渡到非生物智能，"奇点"将由此产生。我们将进入"后人类时期"，非生物智能将完全颠覆生物的进化过程。

很多年没有这种感觉了，这本书让人读得后背发冷。"后人类时期"似乎并不遥远，但到了那个时候，也就是机器主宰人类时，我们还需要美感、意境和深刻吗？我们还需要情感吗？我们还会有真情吗？我无法回答这些来自心灵的拷问。

雷·库兹韦尔先生的预测，是基于正在进行的三种重叠的革命，即基因技术（G）、纳米技术（N）和机器人技术（R）。他认为，这三种重叠的革命，将打造出人体2.0版本，甚至3.0版本。"纳米技术"将使我们可以重新设计和重构（以分子为基本单位）人类的身体和大脑，以及与人类休戚相关的世界，并且可以突破"生物学极限"。也就是说，人类自己设计制造的智能机器人，将远远超过人类所拥有的能力，并能够控制人类的智能，找到克服人类自身局限性的方法。他具体描述说："数十亿的纳米机器人将参与我们身体和大脑的血液循环。在我们体内，它们将杀死病原体，修正DNA错误，消除毒素，以及执行许多其他任务，以增强我们的健康。这样，我们将能够无期限地生活下去，不会衰老。"人类将能够改变自己的身体。而这一切的关键，则在于"重塑大脑"，即系统掌握大脑的运行原理，并用智能机器功能替代生物（大脑）的功能。

我不是科学家，无法判断这一切是否会成为现实，但这本书却验证了一个早已被提出的原理，那就是一切技术的本质，都是为了压缩时间而放大空间，即通过压缩过程所具有的时间性，来放大效果所具有的空间性。而时间即过程的压缩和效果空间的放大，从社会学意义上说，往往会极大地激发人的欲望：一举成名，一夜暴富，一步登天。而这种欲望的追求，又会导致人的紧张、浮躁、压抑和焦虑，每时每刻都在追求最短时间内的最佳结果，就像上紧了发条的钟表，或者像在烧红了的轨道上赤足奔跑，不知停息，不知满足，而得到了又不觉幸福。因为幸福的体验恰恰来源于追求的过程，而不在于结果。过程的压缩，往往使人对结果失去应有的珍惜，幸福感随之下降。

从另一个方面来说，时间性的不断压缩，既缩短又拉大了人际空间性。现代技术使人们的沟通变得极为便捷，距离感所形成的人际之间的心灵体验和情感依赖随之弱化。即使人在大洋彼岸，一个电话，一条短信，一个视频，什么话都说了，什么事都办了，随时随地，任意而为。这确实是方便了，但人们之间却没有了相思之感，少了一份恋意绵绵的情怀。而缺少了这些人类应有的体验与追求，就会使人际之间变得冷漠与无情。即使是热恋中的情侣，也在方便快捷的"技术性交流"中变得苍白。因为一切都太方便太容易了，所以那些赖以维系情感的"深刻"，就变得多余了。

在这种情况下，无论是住平房的，还是住别墅的；无论是挤公交的，还是自驾车的；也无论是"月光"的，还是腰缠万贯的；大家都整天嚷嚷不幸福、不快乐。殊不知，根子就在自己身上。

诗能"解毒"，是因为它的意境与美感；诗能化育，是因为它的情感与深刻；诗能静心，是因为它的空灵与清幽。那些不幸福的人们，不妨放慢些脚步，尝试一下读诗的感受，也许你会改变。

阮郎归·福泉山

　　碧波叠绿雁飞花，凤湖映朝霞。龙泉低舞伴奇葩，化出三味茶。

　　烟岚迩，翠谷遐，梅福轻掩纱。欲求布衣去纷华，丹丘好个家。

武陵春·天湖

　　翠顶之湖何处是，触手问长天。河汉思凡落玉盘，云水天相间。

　　浮花浪蕊风惊绿，碧湖浴清蟾。梦似嫦娥伴舟闲，过翼雁流连。

隐逸的追求

　　大家从词题上就可以看出，这首《阮郎归·福泉山》，是在宁波东钱湖的福泉山上填写的，写的也是福泉山，以及我的感受。

　　在全国的名山大川中，福泉山不是很有名气，我问过许多朋友，他们都没有去过。但我却独爱她！这爱，就爱在她的清幽与寂静。这里与别的名山不同，没有寺庙，没有宾馆，也没什么吃喝玩乐的地方，只有一个茶舍，隐隐在半山之中。山上没有什么密林大树，而是如碧波绿浪般的万亩茶田，一直翻滚到山顶。这里产的茶，如同这座山一样，清香绵长，淡而不白，给人的也是一种静的味道。

　　站在山顶上，可以看到东边的大海，苍茫茫，让你难以判断那是天还是海。而西边的山下，就是群山环抱的东钱湖，远远望去，就像是一个巨大的玉盆，装满了碧绿的水，让人有一种我在天上而湖在山顶的恍若之感，也会使人充满着假如让月亮在这湖里洗个浴，会不会更清丽、更明亮，或者邀请嫦娥走出月宫，下凡和我一起泛舟赏荷，等等一系列遐想。那感觉真的很美妙，不身临其境，难以体会。于是我又填了《武陵春·天湖》。

据传，汉朝有一位名叫梅福的大官，曾在这里隐居，后不知所终。至于福泉山是不是因他而名，便不得而知了。不过，这福泉山确是一处隐居的好地方，就连我在当时，都有过类似的念头，因为这里真的是"丹丘好个家"。

说到中国的隐逸文化，可以说其历史相当悠久了，历朝历代都有相当多的记载，隐逸之士不绝于史。但细品之下，虽都为隐士，但情况或因由又是千差万别。

如果排一下名头，许由老人家，也许是最早的也是最牛的隐士。尧帝时，许由广有贤名，万人敬仰。尧就要把君位让给他。许由一听赶紧逃到箕山下，结草为庐，自己种粮种菜，农耕而食，自食其力。后来，尧又请他做九州长官，也是一人之下，万人之上了。许由听说后，不仅不为所动，反而跑到颍水，反复地清洗耳朵。那意思是说，我不仅不愿意做官，还怕这话弄脏了我的耳朵。怎么样，够牛的吧！按现在的话说，给你个皇帝当，你都不愿意。在有些人看来，这岂不可惜。历史上为了争夺皇位，杀父亲的，杀儿子的，兄弟相残，骨肉相害，让我们的史书血迹斑斑。就是在今天这样的文明社会，为了一个科长、一个处长的位置，也是人脑袋打成了猪脑袋，甚至雇凶杀人或两相厮打，也时有发生。

我认识一高校青年讲师，学问很好，讲课很受欢迎。组织上问他，现在你有两个选择，一是提科长，二是参加副教授评聘，他毫不犹豫地选择了当科长。可见，当官的诱惑力有多大。后来别人告诉我，当年那位年轻人熬了七八年，刚刚提了副处长，而他的同事，很多都是教授了。但他依旧以此为荣。

相比之下，还有个比较牛的，就是东汉初的严子陵。但他与其他隐士有个很大的不同，他不仅是当时数一数二的大才子，而且是东汉开国皇帝刘秀非常要好的同学。刘秀登基后，广纳贤才。有官员上书说：发现一个男子，披着羊裘在河边钓鱼。刘秀怀疑此人就是严子陵，而此时子陵已隐姓埋名了。于是，刘秀备了豪车和重礼，遣使去聘请子陵，"三反而后至"，就是像刘备三顾茅庐那样，总算把子陵请来了。

人是来了，又好吃好喝地供着，但子陵就是不买账。司徒侯霸派人送信劝他，他把信丢在地下，让那人给侯司徒捎去两句话："怀仁辅义天下悦，阿谀顺旨要领绝。"刘秀听说后笑曰"狂奴故态也"。没有办法，刘秀只好亲临其馆，请子陵出山。皇帝来了，他不仅不跪迎，反而高卧不起，刘秀就摸着他的肚子说："咄咄子陵，不可相助为理邪？"子陵依然眠而不应。良久，睁开眼睛看着刘秀说："士故有志，何至相迫乎！"刘秀只能叹息而去。

后来刘秀又把严子陵请来，与他挑灯夜谈。太晚了，就和子陵同榻而眠，而子陵却敢把腿放在刘秀的肚子上，肆意酣睡。这就是严子陵，刘秀也不能用强，只好放他回去。后来，朝廷授他谏议大夫，子陵坚不受。建武十七年刘秀再次请他出山，还是不受。此后，一直在富春山隐居。年八十，终于家。留有"严陵钓台"一处，至今游人如织。

再有就是大家都熟悉的陶渊明了，东晋大诗人，著有散文集《桃花源记》和《陶渊明集》留世，其中有些诗文都是我们所熟悉的。他和上述两隐士不太一样，一是他做过官，但官不大，都是诸如江州祭酒、镇军参军和彭泽令什么的，大都是没有实权的散官。由此可见，朝廷并不重视他，而且朝中也没什么靠山。二是他本想好好做官，为国家做点事，没有隐居的打算。但在士族地主把持政权的环境中，他官做得不顺当，心情长期压抑，黑暗的现实迫使他下了决心，去职归隐。当然，也没什么人挽留他，更没有人请他再次出山。因为从古至今什么都缺，就是不缺愿意做官的；什么样的官员都不缺，就是缺能担纲治理或独善一方的干才，而才大不仅难用，而且易遭嫉妒。这倒也成全了陶渊明，给中华民族留下了宝贵的精神财富。否则，一个区区彭泽令，恐怕在任何史书上都不会留下他的名字。正所谓"塞翁失马，焉知非福"。

对于隐士，自古以来褒贬不一，但大都认为是无奈之举、切迫而行，并给予相当的同情和赞誉。就人的本性而言，有谁不想高官厚禄、家财万贯，好好的官、大把的银子不要，偏偏跑去山沟沟里面生活。之所以要隐居，必有其原因。也许每个人的原因不同，但从总体上说，避乱世而自保，应当是个共性。从历史上看，这类的隐士不乏其人，也许大部分是这样的，如陶渊明者等。

但也有另类的声音，对隐士和隐逸文化给予有限的批评。比如明代官至刑部左、右侍郎的吕坤，他在《呻吟语》中首先肯定了"无道则隐"的道理，并对荷蒉、晨门、长沮、桀溺等这些隐士给予了同情，认为他们是知世道不可为而隐之。但对许由的隐居则不予肯定，批评许由："所谓旷古高人，而不知不仕无义，洁一身以病天下，吾道之罪人也。且世无巢、许，不害其为唐虞，无尧、舜、皋，巢、许也没安顿处，谁成就你个高人？"另一方面，吕坤对严子陵的批评就要温和多了。认为子陵要隐就应跑远点，让刘秀找不到你。见了刘秀又不出仕，显得不够意思。况且虽然过去是同学，但现在人家当了皇帝，就不应该"犹友视帝"，"朋友不得加于君臣之上"，更不该与皇帝同榻而眠，甚至把腿放到刘秀的肚子上，"恐道理不当如是"。另外，也有人认为，隐居与修道有着密切的关系，主张从宗教而非政治的视角，来解释隐逸文化；或认为隐居是知识分子对黑暗政治统治，以及腐败现实的一种抗争，一说为逃避等，不一而足。

当然，这都是一家之言，自有一番道理，同时也颇多偏见。比如吕坤对许由的批评，说没有你巢父、许由，尧舜照样治理国家，成为圣人；但如果没有尧舜，你巢父、许由就连个存身的地方都没有，还谈什么高士低士。这显然是一种情绪的表达，有失理性。事实上，许由根本就不需要或不可能要尧的什么帮助，也从未自谓高士。他对尧避之唯恐不及，听到传话，连耳朵都要洗几遍，又怎么会隐居后还要依赖尧的关系来生活。

在我看来，隐逸生活与务农、经商、做官一样，也是一种人生价值的选择，或者说一种生活方式的选择。这种选择或出于自愿，或迫于无奈，或有志于此，都有其本人内在的价值取舍，或某种不为人知的价值追求。就像我们自己无论怎样选择人生，都无权反对别人做官、经商或务农一样，我们也没有权利对隐居生活说三道四，甚至恶语相加。每个人有每个人的特质，每个人有每个人的需求，每个人有每个人的幸福，你不应该用自己的价值观去妄议别人的选择，你也无法真正全部了解别人的内心世界。正因为如此，我国历代王朝少有限制隐居的法律规定，只有明朝是个例外。这朱元璋不仅杀光了那些帮他打天下的兄弟，而且明令士子不准隐居，必须出来做官，否则就格杀勿论。读书人最后这么点可怜的选择权，也被剥夺了。

　　大自然以多样性而存在，人是自然的一部分，人的生存方式、发展方式和求进方式，也必然是多样的。多样就必然复杂，复杂就需要宽容。中华民族需要的是更多的理解和宽容，而不是相互指责。

踏莎行·垂钓

　　春雨霏微，沉沉雾幕，烟波满目锁深处。笠翁垂钓独肖然，翠柳依依静持护。

　　鹊鸭游疑，鱼潜水暮，缘何枉自费心度。引项欲问雾中人，湖岸深幽在远麓。

诗的禅境

这首《踏莎行·垂钓》，也是在宁波东钱湖填写的，时间比上一首大约晚两年。从我的创作初衷看，是想填一首禅词。

据《文化视域中的宋词意象》（许兴宝著）介绍，在宋朝，参禅境界的思想，已对诗词产生了广泛的影响，尤其是南宋，参禅发悟的创作意向，就更加明显，其作品也大量产生。比如南宋豪放派代表人物辛弃疾的《青玉案·元夕》，就在结尾处三句道出了禅意："众里寻他千百度，蓦然回首，那人却在灯火阑珊处"。辛弃疾也许是无意的，也许是有意的，无论怎样，这三个主要情节：千百次寻找、回头看、突然发现，却正是禅宗悟道的三步曲。

到了清代王国维那里，便把辛弃疾这三句看作是"古今成大事业、大学问者，必经过三种境界"的第三境。在王国维看来，第一境是晏殊《蝶恋花》里的"昨夜西风凋碧树。独上高楼，望尽天涯路"。第二境是柳永《凤栖梧》中的"衣带渐宽终不悔，为伊消得人憔悴"。这显然已经超出了辛弃疾参禅发悟的原意，也不是晏殊、柳永词的本意。好在诗词本来就是可以从不同角度来理解的，正所谓"一样元宵两样看"。王国维的概括，也不失激励人生的作用，用他自己的话说，也是相当有境界的。

说起禅诗禅词，也算得上是历史悠久了。其中最著名的，要算六祖慧能和神秀的了。当时五祖弘忍在黄梅修行，门下有两大弟子：一个是神秀，一个是慧能。有一天，弘忍召集门徒，令各作一偈，以其优劣，定传衣钵。神秀的偈曰："身是菩提树，心如明镜台，时时勤拂拭，勿使惹尘埃。"而慧能的偈则反其道曰："菩提本无树，明镜亦非台，本来无一物，何处惹尘埃。"最后弘忍还是把衣钵传于慧能，始为六祖。对于佛教禅宗而言，这两首偈的意义特别重大，因为他们后来成为南宗与北宗、顿悟与渐悟的分界线。

南怀瑾先生《禅与生命的认知》里面，也引用了很多禅诗。既有洞山禅师的"净洗浓妆为阿谁，子规声里劝人归。百花落尽啼无尽，更向乱峰深处啼"。也有宋徽宗的"有情身不是无情，彼此人人定里身。会得菩提本无树，何须辛苦问卢能"。《续传灯录》卷三十五，记载常州华藏伊庵的有权禅师，用诗描绘了参禅的境界："黑漆昆仑把钓竿，古帆高挂下惊湍。芦花影里弄明月，引得盲龟上钓船"。许兴宝先生解释说：这四句诗，"一言断绝思维路，在混沌中寻求，二论蓦然发悟，三谈悟后通体透明，物我为一境界，四说将无明之心引回本初清净无染状态"。作为嗣汉三十代天师的张继先，在他的《雪夜渔舟》中，也有"愧怜鄙劣。只解道，趋炎附势。停桡失笑，知心都付,野梅江月"的悟道深

146

意。这些禅诗读后令人不忍掩卷，而又似明似暗，难知其意。

有一次，我在某饭店看到墙上挂着宋代苏轼的《琴诗》："若言琴上有琴声，放在匣中何不鸣。若言声在指头上，何不于君指上听。"这首诗虽为白描，却禅意浓重，让我呆了好一会，心中涌动着说不清道不明的感觉，一时竟忘了身在何处。我想这就是禅诗禅词的独特之处吧。如果说我最喜欢的禅诗，还是宋代《鹤林玉露》中某尼的悟道诗："尽日寻春不见春，芒鞋踏遍陇头云；归来笑拈梅花嗅，春在枝头已十分。"不仅参悟透彻，而且字里行间还流动着少女的顽皮，让人看了爱不释手。

我这首禅词，虽不敢与先贤比肩，却也是来自生活的真实领悟，故不怕浅薄，说出来与大家共悟。

那天，细雨濛濛，雾气极重。我和同事们去东钱湖南岸考察。我们打着伞，走在新铺就的木质栈道上，很是惬意。在一处极幽静的栈头上，我们来到一位垂钓老者的身后。他穿着雨衣，坐在折叠椅上，眼睛专注着湖中的渔漂，似乎并没有意识到我们的到来。过一会，同事们走开了，我一个人默默地站在老者的身后，顺着渔漂望去，白茫茫的湖面上，没有一丝波纹，渔漂静静地竖立着，并没有鱼儿光顾它。不远处，只有一只小野鸭游荡着。它一会游开去，一会又游回来，一会扎进水里，一会又引颈向老者望去，煞是有趣。我突然间意识到，老者身在钓鱼，而心并未在鱼上；小野鸭身在水中，而心却在岸上。他们在交流，在对话。那么他们在说什么哪？我望着野鸭，似乎懂得了他们的交流，但又说不出来；我似乎明白了野鸭为什么游而不去，却又说不出它为何而留恋。

回到车上，我找了一张纸，聚精会神地填起这首词来。

人这一生，从始至终都在追求。没有的追求有，有的追求好，有好的追求更好的，没完没了，总是闲不下来；人人都说要享受生活，但除了山珍海味，又有几个人真正享受过人生的真味。殊不知，人这一生有些事是有目的、有目标的，而有些事则是无目的、无目标的。那些有目的、有目标的东西，追求的就是得。而一切得，都是一时之得，或一事之得，从长远看，终不可得。就像老话说的：赤条条来，又赤条条去。那些无目的、无目标的东西，追求的是无色无相的精神，这表面上看似乎是不可得的，却是终可得的。

比如那位垂钓的老者，表面上看他是在钓鱼。我们一般会认为他的目的一定是想钓到大鱼、钓到很多鱼。就像我们平时见到钓鱼的朋友，总是会问：今天收获几何呀？这是因为我们习惯于用有目的的思维，去问别人的行为目的。其实我想，那位老者的目的并非一定要钓到多少鱼，如果他真的想吃鱼，去市场买一条，岂不更省事。他是在一种有目的的行为中，体验着一种无目的享受。这享受或许是钓鱼的过程，或许是那份难得的宁静，或许是亲水的惬意。如果我们当面问那位老者，他自己或许也说不清楚，但他肯定得到了他不曾追求的东西，这就是终可得。

至于那只小野鸭的疑惑，正是当今很多人功利心理的写照。它的问题是，我在水里最清楚不过了，这里已经没有鱼了，但你为什么还在那稳坐不走呢？它伸长脖子，很想问问这位老人，但它知道，这或许是没有答案的。因为这个问题太遥远、太深刻了。以有目的之心，度无目的之为，很多问题是永远没有答案的。相反，如果我们多少放下一点功利心，不仅自己会活得更幸福些，很多问题也会看得更透一些。就像一些人在参禅时总是问师傅：什么是真，什么是假，什么是色，什么是空，这必然会招来师傅一顿痛骂。因为你问什么是，就是有目的了。有了某种目的，就是我执了。有了个我执在那里，又怎么能参得悟。

再比如朋友或者同事关系，也是如此。古人云：礼下于人必有所求。假如你抱着某种功利目的与别人交朋友，或处同事关系，或处上下级关系，必不长久。因为你为了达到某种目的和人家相处，就会表现得非常急迫或过度谦恭，又是请吃，又是送礼。等到事办成了，目的实现了，这份积极、急迫和谦恭，也就逐渐冷了下来，没有了目的的动力，朋友的关系也就结束了。这时，你会为另一个目的，去结交新的朋友。如果事情没有办好，或没有办成，你就会认为人家不够意思、不努力帮助，或只收礼不办事，由此产生怨气，交往自然就会减少，朋友关系也就终结了。到了满头白发，回头望望，或看看身边，竟一个朋友也没有。假如你的朋友对你也有同样的目的，说白了，就是你们俩相互利用，这就更复杂了，不仅朋友长不了，很可能会搞出什么违法乱纪的事。如果你原本就没什么目的，也不用刻意礼下，就是情投意合，自然而然就成为好朋友了，也许就会成为一辈子的交情。这就是"君子之交淡如水"的道理所在。

小野鸭的犹疑，还给了我们另一个启示，那就是遇有疑惑或问题，应当学会向内观照，善于反思和自省，主要从自己身上找原因、找问题，拿人心比自心，或拿自心比人心，多站在别人的角度反照自己。比如我这么做人家会有什么感受；假如我是他，我会怎样；如果是我，会这样做吗；如果是他，会这样做吗，等等。而不应当像小野鸭那样，凡事都要"引项欲问雾中人"，什么事都从别人身上找原因，什么问题都是别人的错，只要自己认为是对的，别人说什么都是不对的。

我观察过许多这样可怜的人、可怜的事。他们遇事总是争强斗狠、自视清高、怨天尤人、一贯正确。到头来，弄得朋友反目、夫妻分手，连自己的儿女都烦而远之，活脱脱一个孤家寡人，想找人喝个小酒都难。而他们对此却永远也找不到正确答案。

浣溪沙·陶公禅

　　白雪飘柔碧水间，远山迷漫际无边，谁知何处渡人还。

　　梅蕊初生梢斗雪，柳丝低舞巧拂烟，轻舟一曲看人闲。

界　度

　　这首《浣溪沙·陶公禅》，也可以算作禅词吧。之所以题作"陶公禅"，是范蠡的智慧给了我某些启示和领悟。这里的禅就是智慧。

　　那是2009年的一天早上，我站在宁波东钱湖的陶公堤上，被眼前的景色迷住了。昨晚刚刚下过雪，地上白茫茫的，而湖水却依旧清波荡漾；远处的青山有些朦胧，而萦绕在山腰的烟岚，却分明在向我发出邀请，山那边，或许也是白雪碧水两相间的样子。堤上一株株腊梅已然绽放，初生的柳丝在碧波中轻舞。这让我想到了范蠡与西施泛舟东钱湖的传说，那时他们是否也曾见过今天的景色，是否和我一样，也因眼前这景色勾起了无限的深思。

　　大自然和人世间，凡事都有个界度。达不到相应的界度，事物就不会成熟。而超过了一定的界度，事物就会发生质变，乃至走向自己的反面。正所谓乐极生悲、苦尽甘来。唐代黄檗禅师在《上堂开示颂》中云："尘劳迥脱事非常，紧把绳头做一场。不是一番寒彻骨，怎得梅花扑鼻香？"但这界度的把握又是一件极难的事。那么难在哪呢？难就难在人这感官的智障。因为人们永远相信自己看到的、听到的、嗅到的，都是真实的。而人的天性则是目好色，耳好声，口好味，心好利，骨体肤理好愉佚。

事实上，在一定的时空条件下，人永远看不到一个事物或另一个人的全貌。我们所能看到的，永远是人或事的一部分。无论是高山大海，还是一颗沙粒；无论是你的至爱，还是你的亲朋，都是如此。你所看到的可能是真实的他，但那肯定不是他的全部；你听他说过的话，可能是真实的，但那肯定不是他的全部情感；你自认为非常了解他，但那肯定只是他的一部分。而你没看到的、没听到的，也同样是存在的，同样是真实的。苏轼有诗云："横看成岭侧成峰，远近高低各不同。不识庐山真面目，只缘身在此山中。"人世间的恩怨情仇，大半是眼睛和耳朵误导了你；有多少恩爱夫妻，竟被自己的眼睛所葬送；又有多少好朋友，竟为了一句传言，而割袍断义。眼睛，让我们看到一切美好与丑恶，又往往误导我们走向痛苦的深渊。

比如，某天有人告诉你，你的朋友或部下在外面说你的坏话。这事原本很好解决，把你的朋友或部下请来聊聊，什么都清楚了。即使朋友或部下说了你的"坏话"，也要搞清楚，是在什么时间、什么地点，在什么情况下当着什么人说的，综合分析后，得出你自己的结论。但我见过很多人并不这样，听风就是雨，谁说都信，又不找当事人核实，由"坏话"而生怨，一有机会马上报复。原本一对好朋友，从此老死不相往来，竟为一句不着边际的传言。即使有些被尊为智者的人，亦不免被眼睛和耳朵所误。原本一句赞美他的话，被别有用心的小人传过去，竟马上认为此人不可重用。感官之误，莫过于此。

任何事物的对立统一，都是相对而言的。对立是相对的，统一也是相对的。有界是相对，无界也是相对。白雪与碧水原本是不可能同时存在的，云因度而成雪，水因度而成冰；因为看到了白雪，人们就认为，水理所当然地也会成为冰，怎么还会有清波荡漾。正如既然"万里雪飘"，便会有"千里冰封"的道理一样。其实，这也是相对的，或者说这并非放之四海而皆准的。在一定的时空条件下，白雪与碧水是可以同时存在的，它们是对立的，又是统一的，一切以具体的时间、地点和条件为转移。

这就告诉我们，人的一生会看到很多你一时无法接受的事，也会听到一些让你无法理解的话。这个时候，你不应该以你的眼睛和耳朵为标准，而应当从一个人的基本面出发，对你掌握的信息进行综合分析和判断。也就是说，每个人都有个基本面，或者说每个人的德性和人品，这些东西是相对稳定的。这个人也许做了某种出格的事，或者一时之兴，说些不太负责的话，但他的本质或本意是好的，并无什么恶意。如果你仅仅抓住一两件事或一两句传言，而完全不看此人的基本面，那无论是多年的恩爱夫妻，还是多铁的朋友，抑或多年的老部下，都会做出恩断义绝或反目成仇的蠢事来。这样的事例我们见得太多了。有时想想，真的是很可悲！

我们来看看范蠡在这类问题上是如何对待的。越王勾践把西施作为一种政治工具，送给了吴王，目的是以声色迷惑他的老对手，而他自己则卧薪尝胆，以图东山再起。对于西施的这个经历，以及她在吴国时的生活状态，范蠡应当是清楚的。那么，范蠡在功成名就而隐退的时候，为什么偏偏带走了西施？虽然说西施沉鱼落雁、闭月羞花，但也肯定不是吴越唯一的美女，况且饱受夫差蹂躏。我想，范蠡的选择并没有依赖自己的眼睛和耳朵，他看好的是西施作为女人的基本面。她被送给吴王，不是她的选择，她根本就不可能有选择；她必须尽心侍奉好吴王，也不是她心甘情愿的，但她知道自己肩上的责任。从这个意义上说，她这也是一种牺牲，一种对国家的奉献，其精神是应当受到尊敬的。假如范蠡只相信听到看到的一面，比如西施如何侍奉吴王、讨好吴王、迷惑吴王，而没有自己的思考和判断，那他肯定不会选择西施，一道去过后半生的逍遥生活。据我所能看到的资料分析，此前范蠡和西施并没有多少接触，或根本就没见过面，也就不存在某些文学作品所描述的，西施是忍痛割断与范蠡的情爱，自愿去吴国的。要知道，西施无论多美，也不过是一个以洗纱为生的村姑，她不可能有机会与范蠡这样的国家重臣自由恋爱，哪怕是自由相见。至于西施被送到吴国后，藏于深宫，周旋于吴王左右，更不可能与范蠡见面，哪怕是鸿雁传书，都是不可想象的。

范蠡之所以选择了西施，就在于他能够透过西施在吴国的种种表象，正确分析和判断有关西施的种种信息或传言，从而断定西施就是他值得用一生去爱的人，为我们留下了"陶公西施游五湖"的美丽传说。相比较而言，现如今如果丈夫看到妻子在咖啡店跟别的男人聊天，那他一定会认为妻子有外遇了，那男人一定是妻子的情人。于是要么"审问"，要么"侦查"，打打闹闹，纠缠不清。原本一对恩爱夫妻，就这样葬送了。

再看范蠡本人，他是在事业最辉煌的时候，急流勇退，隐居林泉，开发商贸，践行经营，成为中华民族的"商圣"。而这个时候，勾践对他依然是非常信任、非常倚重的，并没有任何要整治范蠡的迹象。也就是说，他并没有看见或听到什么不利的因素存在。但范蠡的智慧，就在于他从越王对他信任和倚重的这些表象中，体察出越王"可同患难而不可同富贵"的本性。他知道，越王功成名就之时，就是他的末日，就是他的界度。所以他不待越王作出反应，就已携西施飘然而去。史料虽云：不知所终。但我相信他会生活得很幸福，至少保住了性命。从这个角度说，同样被越王视为左右手的文种，比范蠡的智慧就差远了。而几千年来，像文种这样太相信自己眼睛和耳朵，最终弄得家破人亡、身首异处的人，却又不绝于史。令人不可不鉴。

那么，也许有人会问，不相信自己的眼睛和耳朵，又能相信什么？一句话，相信你的大脑、相信自己的思考。而这一切又取决于你的智慧。

清平乐·小普陀

晨雾烟霭，绕翠梢头漫。水墨幽濛弥无岸，素纱普陀轻掩。

雾锁寺外春山，云封碧内堂禅。游子暗系青鸟，唯恐惊起朝阳。

色空有无

这首《清平乐·小普陀》，虽然写的是小普陀寺在晨雾烟岚中的朦胧与迷离，但是它的缘由，还得从柏林禅寺说起。

有一次，我去石家庄出差，听说柏林禅寺的住持是某名牌大学的博士，心里好奇，就想去寺里看看这是一个怎样的人。不巧的是，等我们到了那里，这位住持正要去省里开会，我们只好在寺门口简单聊了几句，他便匆匆而去。接下来，由一位大和尚带着我们，边看边讲。中午我们在寺里吃了素餐，又接着听大和尚讲解。临走的时候，大和尚送了我几本书，其中就有《心经》。

回家后，我一口气把这几本书都看了，合上书却感觉什么也没看懂，什么也没记住，脑子里乱乱的，理不出个头绪。于是，我利用一个周末，自己又去了一趟柏林禅寺。这次我谁也没找，就是随便和寺里的和尚聊天，这个说几句，那个聊几句，一直到寺门关了，我才出来。虽然是随便聊天，但我是有备而来的，核心的问题就是"色空有无"这四个字。我不是佛教徒，但我对佛学智慧，就如同其他哲学一样，一直很感兴趣，其中的哲理，足以惠及人生。

这色空有无，是佛法中最基本也是最核心的概念。《心经》里讲"色不异空，空不异色，色即是空，空即是色"。可是什么是色、什么又是空呢？对于我这个凡夫俗子而言，读起来确实有点像天书。直到那天早上，我站在高处眺望烟雾中的小普陀寺，才多少有些领悟。

眼下的小普陀寺与昨天阳光下的小普陀寺，是那样的不同。它给人的感觉是那样的迷离。这一刻我恍惚了，究竟昨天的小普陀是真实的，还是眼下的小普陀是真实的，抑或根本就没有过昨天的小普陀，而眼前的小普陀，也不过是我的一种幻觉。那一刻，我似乎不敢挪动一下双脚，生怕把太阳惊醒了，它又会回到昨天阳光下的小普陀。许久，我似乎懂得了，昨天的那个小普陀，已经和昨天一起成为过去，永远不会再来。昨天虽然存在过，但今天已经不是昨天，昨天已不复存在。这就像每个人都有过天真快乐的童年，但它一旦过去，便永不会再来。今天的我，其实已不是昨天的我；昨天的我已经成为过去，明天的我还未到来，而今天的我也将成为虚空。因为宇宙中没有任何一种力量，能够找回昨天。所以，人不必我执。

由此我联想到，所谓的"色"，并不是俗世所理解的颜色、着色或色情等。而应当是对物质的一种表述，或者说是对事物在一定时空条件存在状态的抽象。而这个"空"，则应当是从整体上认识和把握"色"的道理或智慧。比较麻烦的是，这个"色"和"空"字在世俗生活中太普遍了，其概念也早已根深蒂固了，比如一说到空，就会想到无，空就是什么都没有。这个弯子很难转。假如空就是无，那"色不异空，空不异色"就解释不通了。再说得白一点，如果空就是无，那一切物质和事物就都不存在了，世界上什么都没有了，甚至连人和佛家都不存在了，那还研究什么佛学呢？很显然，这个"空"不是什么都没有的空，也不是空无的空，这个概念本身与"有"没什么关系。佛家并不主张虚无主义。

那么这个"空"究竟表达的是一个什么意思，这是个大智慧，更有众多佛家经典摆在那里，我只能用自己的语言习惯，说点自己的理解。

这个"空"所表达的，应当是事物的本质性，以及事物在一定时空条件下的存在形态，或者说是事物的"相"。这似乎在告诉我们，天地之间一切事物的存在都不是孤立的，都是有条件的，世界上没有无条件而存在的事物。每个事物的存在，都以自身之外的事物作为自身存在的条件，而且这些存在和条件，又都是有因有缘的，或者说并不是无缘无因的存在，而是互为条件的存在，相互依存的存在。比如小到一棵草、一束花、一棵树，它们的存在离不开水、阳光和土地，以及其他事物的存在；中到人，我们不仅需要水和阳光，我们还需要火和食物，以及更多更多的存在，才能让我们活下去，或者说活得更好；大到宇宙，地球要自转，还要围绕太阳公转，无数的天体星球谁也离不开谁，互为条件，保持宇宙的相对平衡。

这就告诉我们，人类不是唯一的存在，个体的人也不是唯一的存在；人类不是宇宙的主宰，个体的人无论多强大，都不能主宰别人的一切。面对大自然，我们不能搞"人类中心"主义，唯人类独尊，甚至可以不顾一切地向自然索取人类所需，地上的用光了，挖地下的！地球上的用光了，就去搞天上的，没完没了，却不知道如何节制一下人类的欲望。要知道，人类与自然的平衡一旦被打破，自然发生骤变，人类也将无法存在。从个人层面上说，也不要搞什么"自我中心"，唯我独尊，有枪就是草头王。殊不知，你每天吃喝拉撒，又有多少人为你做事；你能活着、能干出点事业、能成为名人名星，又有多少条件、多少存在为你提供支持。如果你每天执着于自我，终是不可长久的。我认识一位居士，每天烧香拜佛、诵读经典，看上去很是虔诚，但做起事来，顺我者昌，逆我者亡。我笑他：你永远成不了佛。因为人只有破除了"我执"，真正的"空"了，才可能正确认识和把握事物生成、发展的规律性，也才可能有智慧。"空即是色，色即是空"。

从事物的本质属性上看，这个"空"也似乎告诉我们，宇宙间没有永恒不变的东西，即使是那些表面看没有什么变化的事物，如山还是那座山，河还是那条河，石头还是那个石头，但事实上它们每时每刻都在发生着变化，如果你用显微镜看，一块石头，就会让你发现一个从未想象过的世界。再看人的身体，可以说是迁流不息、瞬息万变。我们的心在跳，我们的血在流，胃肠在蠕动，肝脏在过滤解毒，大脑在不停地思考，各种器官在分秒不停地分泌生命所必需的要素，就连我们睡着了，它们都不曾有丝毫的停顿。面对不断变化的客观世界和我们的身体，如果不能空掉那个如影相随的"我执"，就会有无数的烦恼、不尽的怨言、没完没了的得失利害，缠绕在我们的身上，无法摆脱。一句传话，可以让兄弟割袍断义；一个误会，可以让朋友反目成仇；千八百元钱，可以让夫妻分道东西。为什么，说一千道一万，还是那个"我执"，还是那个"自我中心"。假如凡事能站在别人的角度想一想，拿人心比自心；遇有争议，退一步、想一想，多从自身上找找因缘，少一点自以为是，那我们就会少很多是非，少很多烦恼，少很多恩怨，人活着也就幸福了。可见"空"的智慧，博大精深，我们这些凡夫俗子能得"一毛"，足可优化人生了。

佛家之所以强调这个"空"，之所以破除"我执"，我理解，也在于人自身的局限性。比如佛法讲人的"六根"，即眼、耳、鼻、舌、身、意；讲人的"六尘"，即色、声、香、味、触、法；"六识"，即眼识界、耳识界、鼻识界、舌识界、身识界、意识界；合起来称为十八界，也就是人体的十八个部分。其中属于物质的部分有十一种，属于精神的部分有七种。我们可以静下心来想一下，无论是物质的"根尘"，还是精神的"根尘"，都不是无界限的，而是有界限的。有界就是局限。比如我们的眼界，能看到多少东西，能看见多远的东西。即使你看到的，又都是真相或实相吗？更不要说原本就"无相"的事物，更不是肉眼所能看到的。大家都知道"明物质"，就是眼睛可以看见的。殊不知，宇宙中的"暗物质"也是普遍存在的，只不过肉眼看不见。在科学界，对"暗物质"的研究，已取得很大进展。再如我们的耳朵，能听到多少话，又能听见多远的话，更不要说我们能听到多少真话。其他"根尘"也是如此，不一而足。

更为重要的是，人类的信息获取就是依靠并通过"六根"、"六尘"来进行的，从而了解外界、认知外界，并与外界发生着不断的互动。假如你有个"我执"在里面，就不容易客观，对你胃口的或符合你需求的，就是好的、就是对的，反之则视之为不好、不对。假如你破除了"我执"，"色即是空"了，你就能够比较理智地对待"六根"、"六尘"给你传送的信息，什么是真相、什么是假相，什么是虚相、什么是实相、什么是无相，什么是真我、什么是假我，就可以看得清楚、想得明白、虑得透彻，达到一种空灵清明的状态，为人处世就会少些失误和烦恼。

比如说这行善，大家都认为是好事，行善积德，佛家也如此倡导，就连百经之首的易经也说："积善之家，必有余庆。"但若深入辨析，这行善却也有个区别。明代《了凡四训》一书，对此就说："若复精而言之，则善有真、有假；有端、有曲；有阴、有阳；有是、有非；有偏、有正；有半、有满；有大、有小；有难、有易。皆当深辨。为善而不穷理，则自谓行持，岂知造孽，枉费苦心，无益也。"接下来，了凡对这十六种不同的善行，逐一作了深入的辨析。书中记载，在元代有几位儒生去拜谒中峰禅师，问道："佛家讲善恶报应，如形影相随，一般毫厘不爽，而现今有的人善，子孙却不昌盛；有的人恶，而家门却很兴旺，可见佛家因果说是没有根据的。"这个疑问，在当今也是普遍的。中峰禅师回答到，这是"你的凡夫情见没涤除，法眼不明，往往以善为恶，以恶为善"。正所谓："为善不昌，祖有余殃，殃尽必昌。为恶不灭，祖有余德，德尽必灭。"所以人行善，利人的就是公，就是真的善，利己的就是私，私就是假善。发自内心的就是真善，单从形迹仿效的就是伪善。无为而为的善是真善，有为而为的善就是假善。

了凡在书中举了一例子，说从前吕公文懿辞去宰相职位，回到家乡养老。这位大人海内敬仰，视为泰山北斗，乡人敬之犹恐不及，偏偏有个喝醉了酒的乡民，当街辱骂此公。众人皆怒，唯吕公不为所动，对仆人说："跟醉汉不要计较。"关上门不予理会。过了一年，那人犯死罪下了大狱。吕公这时方感到后悔，说："如果当时稍微与他计较，送到衙门整治一下，小小的惩处可以警戒他犯大罪，我当时一味要体现宅心仁厚，却没想到养成了他的恶，以致他犯死罪被下大狱。"这个例子，很值得玩味。吕公的宅心仁厚、宽宏大量，就是个"我执"，在判断上存着一份私心在里面。我不与你计较，让众人知道我的仁厚宽容，可资美谈。殊不知这正应了"纵小过而积大恶"的古训。纵者，恶也。假如能用《了凡四训》参照一下我们的人生，想必会有所收益。

细品之下，这色空有无里面，还暗藏着一个惜时的理念，一寸光阴一寸金，光阴一去不复返。对此，明代文嘉的《今日歌》和《明日歌》，说得极为透彻："今日复今日，今日何其少！今日又不为，此时何时了？人生百年几今日，今日不为真可惜！若言姑待明朝至，明朝又有明朝事。为君聊赋《今日》诗，努力请从今日始。""明日复明日，明日何其多。明日待明日，万事成蹉跎。世人皆被明日累，明日无穷老将至。晨昏滚滚水东流，古今悠悠日西坠。百年明日能几何？请君听我《明日》歌。"读后令人感慨万千！

由此可见，"空"就是智慧，是个大学问。但这个"空"，又必须是"色"，才能化育指导人生。浅陋之见，尤望佛家斧正。

念奴娇·千岛湖

银河倾注，遍地是，碧水翠湖波灿。天撒群星，点就得，绿岛奇峰锦岸。西枕黄山，东拥浩海，一江飞如练。清波千里，浪花翻处何叹？

三千才俊当年，文珠挥洒处，英风惊案。跃马方陈，风骤起，北向旌旗漫卷。卅万黎民，举家为国是，梦随浙赣。情沉心底，古城何日重现。

活在水下

老早就想去千岛湖看看，却几次擦肩而过。这次终于如愿了。这首《念奴娇·千岛湖》，就是这时填作的。

但真正到了千岛湖，让我惊叹的却不是那千姿百态的湖岛，而是依然沉睡在湖水下面的淳安老城。

透过水下摄像机拍成的视频，我们看到湖水下的淳安老城，还是那么安详、那么幽美、那么恬静。青石板铺就的街道，似乎还记载着淳安人搬迁的脚印，白墙灰瓦的房屋，似乎还显示着淳安昔日的繁荣，屋子里那些无法搬走的东西，似乎还在传递当年的幸福；那流水声，分明就是他们的快乐，那潺潺的波纹，分明就是远逝的炊烟，那依然还存在于水下的牌匾，分明就是他们的眷恋。泪水流过了我的脸颊，但我却不知这泪为谁而流。是为这城，是为这人，还是为这湖……

当年，国家出于发展经济和人民生命财产安全的需要，要在这里修建一个大水库，让从安徽黄山过来的水在这里积蓄，以缓解富春江至钱塘江的压力，而代价就是淹掉整个淳安城。于是，三十多万淳安人民便带着他们微薄的家产，挥泪告别了家乡。他们有亲的投亲，有友的投友，没亲没友的由政府安排。从此，这座至今还留着他们体温的千年古城，便永远地沉睡在冰冷的湖水之中。

据熟悉这段历史的老人讲，当时的老百姓没有怨言，因为他们知道，这是国家为老百姓造福；他们也没有向政府索要什么，因为他们知道，这是牺牲小家为大家的事，放在谁身上，都应该这么做。这让我想起，这些年围绕着拆迁发生的那些事，一个巨大的心结，让我感到从未有过的压抑。我知道，时代不同了，不能简单地比较；我也知道，这类事不是谁对谁错那么简单。但说一千道一万，这类事的背后就两个字，那就是"利益"。假如我们有一部专门的法律，来规范和调节这类利益，也许很多事就不会发生，或者发生了，也好解决些；假如我们能有一个较好的文化传承，这种利益的协调，就会变得更加有力。今天的人也许无法想象，三十多万人背井离乡，他们能没有利益问题吗？他们的利益诉求，又是如何协调和满足的？他们到了满目陌生的"新家"，又是怎样开始新的生活的？毫无疑问，这无数的难题，都被勤劳智慧的中国人民一一化解了，他们活了下来，而且今天一定会活得很好。在老人的讲述中，我能够清晰地体会到，支撑这一切的力量，正是中华民族在几千年发展中铸造并传承下来的文化。也许，当时的老百姓并不知道这就是文化的力量；也许，他们根本说不出什么有文化的话，但它是存在的，它就存在于老百姓的血液中，就像血液不断为身体输送能量一样，它也在不知不觉中，为我们带来支撑一切的力量。

文化这种东西，根本无法像某种理论那样，可以用严格的逻辑关系清晰地表达出来。文化的力量在于它是世俗的。它就存在于老百姓的日常生活之中，而不是在理论教科书上；它表现在老百姓的一言一行或每一个选择之中，而不是豪言壮语或英雄伟业之中；它的大本营就在每一个家庭，而不是在学府殿堂。文化的传承，主要的也不在于什么教育，而在于生活方式的影响。因为文化是老百姓创造的，原本就植根于老百姓的生活之中，所以文化传承的根本，也在于老百姓的自觉。三十多万淳安人民"举家为国是，梦随浙赣"的行为，使我懂得了什么是文化。

那天上午，天湛蓝湛蓝的，高远而深悠，只有一抹抹淡云，像是身在异乡的淳安人，在迎接我们这些游人。我们乘坐一条很大的游船，在千岛湖中荡漾。大家都站在甲板上，享受着那奇特的景观：如果不是清波浩渺，你会觉得置身于桂林山水；如果不是那千姿百态的岛，你会觉得置身于汪洋大海之中；如果你从船的右舷来到左舷，你便有新的惊讶生成，就是那种朦胧中的恍惚，恍惚中的惊讶，让人陶醉。

船停在一个较大的岛上，登高远眺，数不清的岛屿，就像天上撒下的金珠银珠一样，落在千岛湖这个巨大的玉盘之中，显得那么晶莹而小巧。其实它们原本是高大伟岸的山，而它们的身躯早已被湖水掩盖了，露出来这些所谓的"岛"，不过是它们的头部，就像早已远走他乡的淳安人，虽然他们的身躯已不在淳安，但他们的灵魂已依附于这些岛上，日夜守望着自己的故乡。那一望无际的湖水，原本也不过是一条河。也许源于它头枕黄山的伟岸，吸纳着黄山的灵气，面向浩瀚的大海，它便注定会成为今天的千岛之湖。

说到淳安，便不能不说到方腊这位农民起义首领。他原本是安徽歙州人，后迁居睦州清溪，也就是现在的淳安。当时封建剥削极为严重，老百姓终岁劳苦，不得一饱。尤其是江浙地区还要遭受"花石纲"的掠夺。在这种情况下，方腊利用明教组织群众，得到广大农民的拥护，并于宋徽宗宣和二年（1120）秋发动起义，兵锋直指大宋王朝。于是，东南震动，纷起响应，声势浩大。从《中国史稿地图集》上看，当时方腊的起义军，向北已进至嘉兴、广德、泾县一线；向南已进至溢州、龙泉、广丰一线，并先后占领了杭州、歙州等六州五十二县。

而与此差不多的时间（1119—1121），北方宋江的起义军，也已拥有了以梁山泊为中心的广大地区。《中国史稿地图集》显示，当时宋江起义军的活动地区，远非《水浒传》所描述的那样，而是东至大海，南到淮安，北至临清，西至濮阳、单县一线，已对大宋首都东京（即开封）构成直接威胁。但令人扼腕痛惜的是，方腊只想划江而守，"浙图尽取"；宋江一心只想朝廷招安，给兄弟们一个富贵荣华。结果被宋廷分别击破，两首领也死于非命。

要知道，北宋当时已处末年，北有辽，西有夏，南有大理，北宋政权已是岌岌可危。假如方腊与宋江能联合起来，分进合击，南北对攻，取宋而代之，并乘兵锋之盛，南合大理，北击辽金，西图西夏，中华可再度统一。遗憾的是，宋江和方腊都不具备这样的远见卓识，而他们身边又没有像诸葛孔明那样的雄才大略之辅。至于宋江的军师吴用，真真是个"无用",既无对大势的把握,也无战略上的设计。当然,这不过是一种"如果",而历史是没有"如果"的。

从中华几千年的历史看,中国人很喜欢当王,大大小小的王都喜欢,包括有枪就是草头王、占山为王、割地称王、造反争王,甚至不惜弑父杀兄,为的就是那么个名头。比如抗战时期,全国大大小小的匪王,不知有多少,他们不去抵御外寇,而是自相残杀,要么以图自保,要么争山头、争地盘,为的就是谁当老大。假如这些大大小小的武装力量,能聚集在抗日的旗帜下,会是怎样强大的一支武装力量,抗战也许就用不了八年了。

我写出这些,不过是身在淳安的一时之叹,权作一桩笑资。

淳安新城建在千岛湖周边的山脚下。离开淳安的那天,从远处望去,这城市绵延数里,散散落落,与千岛之湖相映成趣,倒也和谐。我心里在想,希望今天的淳安人,不要忘记那些远在异乡的亲人,是他们的牺牲,成就了今日淳安。还有那沉睡在湖水下的古城,但愿游船不要打扰它的宁静。

水调歌头·东钱湖

　　峰转九屏处，碧水映清秋。云湖依山偎柳，茶香漫波头。鱼雁梨花飞卷，黄衫轻裙双秀，清歌荡兰舟。翠落浮华月，余绛染波幽。

　　山叠影，水中镜，对帘钓。流霞漂舞，灵境虚籁意悠悠。游子扶桥独立，遥想陶公携手，吹花与谁游？素约烟波里，比翼有秦楼。

水的哲学

　　这首《水调歌头·东钱湖》，算是我对东钱湖的一个整体描述吧。如果有一天您去了东钱湖，恰巧手中又有我这本集子；假如你能暂别红尘，在湖边静静地待上个把小时，什么也别想，什么也别说，就是那种"发呆"，您一定会有一种别样的感受，那是您在喧嚣的城市生活中，所永远无法得到的。

　　2009年，我们单位和宁波东钱湖旅游度假区管委会，共同发起并举办了"第一届中国湖泊休闲节"，从此我与东钱湖结下缘分。除了工作需要之外，我每年都自己悄悄去一两次，谁也不找，就是一个人坐在湖边喝喝茶、看看书、发发呆，但心灵却分明在与那湖水交流，都想了些什么，又说不清楚，朦朦胧胧，迷迷糊糊，甚是惬意。

　　这东钱湖原始自然状态保护得比较好，二级水质，人造景观很少，体现出管理者对生态环境的良苦用心。据说当初为了改善水质，管委会投入了巨大的人力物力，并做出了相当大的牺牲。如今，为了保护水质，他们依然在不懈地努力着。这才使我们能够品尝到鲜美的鱼蟹。

从景观的角度说，东钱湖不属于那种一望无际或者说像海一样的湖。它的最大特点是湖外有山、山外有湖，湖依着山、山偎着湖，湖连着山、山连着湖，真的是"峰转如屏处，碧水映清秋"，给人以巨大而朦胧的遐想空间。当你站在湖边，望着远处的青山翠谷，你会想象：山那边的湖是什么样子？湖那边的山又是什么样子？你一定想去探个究竟！可是当你绕过了这座山，也看到了那边的湖，你依然会想，山那边还有湖吗？如果有，那湖会是什么样子？它们还是那样相依相偎、亲密无间吗？这种永恒，我们人类可曾有过？我常常在想，这也许就是水的魅力，这也许就是水的哲学。

说到这水，应当是中华民族传统文化中的一大特色。古往今来，不知有多少先哲圣贤，对水的哲理、对水与生命、水与人生等，都作过深刻的探究。有观水知性、以水寄情、托水诉意的。比如李之仪的"我住长江头，君住长江尾。日日思君不见君，共饮长江水。此水几时休，此恨何时已。只愿君心似我心，不负相思意"；李后主的"问君能有几多愁，恰似一江春水向东流"。有观水明理、探究生命原质的，如朱熹的"半亩方塘一鉴开，天光云影共徘徊。问渠哪得清如许，为有源头活水来"，道出了对万物之源的追问；也有观水参禅、领悟智慧生命的，如苏轼的"不恨此花飞尽，恨西园、落红难缀。晓来雨过，遗踪何在？一池萍碎。春色三分，二分尘土，一分流水。细看来不是杨花，点点是离人泪"；还有托水怀古、揭示兴衰的，如杨慎的"滚滚长江东逝水，浪花淘尽英雄……古今多少事，都付笑谈中"，还有苏东坡的"大江东去浪淘尽，千古风流人物"，等等。

从比兴寄托的角度看，南人多写江湖，北人多写河流。但总体上看是无水不写。正如许兴宝先生在《文化视域中的宋词意象》中所说的，从杯水点水，到沧海汪洋；从涓涓细流，到长江大河；从三峡瞿塘，到池塘小溪；从洪水浪涛，到千堆雪潮，以及小霰、雾气、细雨、飞瀑、岩泉、飞雪等。可谓数不胜数。在我看来，张孝祥的《水调歌头·隐静山观雨》，将天地人水融为一体，揭示了水对生命的价值，撼人心魄："青嶂度云气，幽壑舞回风。山神助我奇观，唤起碧霄龙。电掣金蛇千丈，雷震灵龟万叠，汹汹欲崩空。尽泻银潢水，倾入宝莲宫。坐中客，凌积翠，看奔洪。人间应失匕箸，此地独从容。洗了从来尘垢，润及无边焦槁，造物不言功。天宇忽开霁，日在五云东。"

古人之所以如此看重水的作用，根本的在于水为万物之本原，人之生命起源于水，因而人之生命自然与水不可割裂。现在我们已经知道了，人的身体百分之七十是水，离开了水就不会存在任何生命。同时，古人也在对水的长期观察中，悟出了水性对人生的启示。在这方面，孔子的论述是细腻而深刻的："夫水者，君子比德焉。遍予而无私，似德；所及者生，似仁；其流卑下，句倨皆循其理，似义；浅者流行，深者不测，似智；其赴百仞之谷不疑，似勇；绵弱而微达，似察；受恶不让，似包；蒙不清以入，鲜洁以出，似善化；至量必平，似正；盈不求概，似度；其万折必东，似意。是以君子见大水观焉尔也。"从这段论述中，我们不难看出孔子心中完美君子的形象，而这一切又都是从水性哲理的推演而来，那么水对生命价值的意义，也就不言而喻了。

刘向在《说苑·杂言》中，又对此作了进一步的阐述："泉源溃溃，不释昼夜，其似力者。循理而行，不遗小间，其似持平者。动而之下，其似有礼者。赴千仞之壑而不疑，其似勇者。障防而清，其似知命者。不清以入，鲜洁而出，其似善化者。众人取乎品类，以正万物，得之则生，失之则死，其似有德者。淑淑渊渊，深不可测，其似圣者。通阔天地之间，国家以成。"与孔子相比，刘向的论述似乎又多了一层政治意义。也就是说，水的哲理，对于国家和社会治理的作用，亦有相当的价值，依水性而治，必能恩泽百姓。唐太宗更是深谙此道，"水能载舟，亦能覆舟"。

不仅如此，水的生命哲理与老百姓的生活，也是极为密切的。比如古代的上巳节，也就是现在的三月三。这一天，无论是达官贵人，还是平民百姓，都要到水边上，或洗濯祓除，去宿垢，为大絜；或沐浴祓禊，去病消灾；或水畔嬉戏，鹅湖之会。这不仅表现出古人对水的深刻认识，也显示了人类"保生、乐生、畅生、达生意识"的日益强烈。"清晨戏洛水，薄暮宿兰池"。人类生命价值与意义的每一步提升，总是与水有着不可割裂的关系。

相比较而言，今天"水能生财"的理念，就显得浅薄而狭隘了。尽管不是每个人都能成为孔子理想中的君子，但是水对人生的启迪，也绝不仅仅是生财这么简单。比如，做人要有"其流卑下"的基本态度，不可自视清高，目空一切，这是迟早要摔跤的。因此而丢掉官职、财富乃至性命，古今亦不乏其例。做事要有"不清以入，鲜洁而出"的善化功夫，不可不分好坏，霸王硬上弓，我说什么，你就必须做什么。人家表面听你的，按你说的做了，但心里并不一定服气，也极大地限制了人的创造性。像水一样善化，才是做事的真功夫。对待自己的属下，要"循理而行，不遗小间"，"绵弱而微达"，不可厚此薄彼，搞小圈子，拉一伙打一片，或弄点什么小阴谋，一言不和就置人于死地，终不可长也。对你本人而言，也会损寿折福的。整人的人，必被人整。纵观历史，没人能逃脱这一铁律。人生应当有"万折必东"的意志和坚韧，不可遇困则退，逢难则萎，俯身拾一草而惜力，无功受禄而狂喜，整天只想着天上掉馅饼，躺在家里一夜暴富。这样的人生，又谈何意义。

如果说水是一门哲学，那么东钱湖就是它的教科书之一。只要是有心人，只要能被除躁气而静下心来，每个人都可以水中收获启迪，哪怕是一杯水，你便可知"水满则溢"的哲理；哪怕是一点水，你便可知"汇成江河"的智慧；哪怕是地上的一洼水，你便可知"润物无声"的高尚品格。人生不可不思者，水也。

水调歌头·东湖

　　飞凤惊云梦，化育盘龙湖。烟霏浩渺无际，英气荡波出。小鸥翻掠花浪，黄鹂梢头鸣柳，兰棹卷荷珠。竹海听涛处，神逸楚天舒。

　　屈子吟，青莲义，话东吴。黄鹤倾述，长夜梅岭照天烛。楚才长歌激荡，九女丰碑伟烈，辛亥首义呼。夜伴滔声起，拍岸唱风流。

水载的故事

位于武汉的东湖与东钱湖不同，它阔大若海、浩渺无际，周边既无群山可偎，也无大海可依，浩浩荡荡，任性而姿。如果说东钱湖是个美丽的少女，那东湖就是个英气勃发的男子汉。更为难得的是，它的历史积淀极为丰富，承载着太多的故事。但这历史故事，又与某些湖的"才子佳人、欲罢还休"有所不同，它更多的是英气挥洒、气壮山河。

虽然多次去过武汉，却也多次与东湖擦肩而过，从未真正游览过。2012年有幸住进东湖宾馆，恰巧那房间又是董必武先生曾经住过的。放下行李，我和朋友们便去游东湖了。晚饭后，我站在窗前看着月色下的湖水，波光粼粼、倒影千姿；不远处大片的芦苇摇曳着，像似睡前的拥抱；夜游船荡起的波纹，此起彼伏，前后相续，一直推延到我的窗前，轻轻地拍打着湖岸，与垂在水中的翠柳嬉戏着，像一大群顽皮的孩子。这一夜，我填作了这首《水调歌头·东湖》。

东湖，其实是杨汉湖、汤林湖、郭郑湖、喻家湖、牛巢湖等的总称，面积33平方公里，是我国最大的城中湖。我无法想象它在几千年前有多大，也不知道它是否由云梦泽演化而来，也没搞清楚它与长江汉水是怎样的传承。但有一点是无疑的，那就是它见证了荆楚大地几千年的兴衰巨变，激荡着生于斯长于斯的灿烂文化，记载着至今仍在激励后人的故事。这一切让我真正感受到了东湖的苍桑与深刻，以及与国内外其他湖泊的不同之处。因为无论怎样优美的自然景观，如果没有相应的文化内涵，总会让人有所缺憾，而不能尽兴。

说到东湖，就不能不说屈原。因为在东湖听涛景区有一处"行吟阁"，阁前立有屈原全身塑像，底座高三米二，像高三米六。屈原昂首向天，举步欲行，仿佛正在漫步湖畔，高诵《天问》。这阁名，取自《楚辞·渔父》中"屈原既放，游于江潭，行吟泽畔"。这里是东湖"屈子文化园"的先导部分。对"行吟阁"的称颂，要数叶剑英先生的诗最好："泽畔行吟放屈原，为伊太息有婵娟，行廉志洁泥无滓，一读骚经一肃然"。

对于屈原在东湖的行迹，或者说他是否真的到过东湖，今天已无完整的史料可知，我们只能从他的楚辞中窥视一二。比如《九章·哀郢》中的"去故乡而就远兮，遵江夏以流亡"、"将运舟而下浮兮，上洞庭而下江"。这里的"故都"即楚国的都城郢，也就是现今的湖北江陵市；这里的"江"，从郢城的地理位置看，无疑是指长江；那么这个"夏"指的是什么？一说"夏"即河水下游。我查了一下资料，这里的"夏"应该是指"夏水"（古水名）。据《水经注》，夏水故道从沙市东南分长江之水而东出，流经今监利县北，折东北至沔阳县治附近入汉江。在当时，自此以下的汉水也兼称夏水，而汉水与长江的交汇处，也称夏首。

屈原是楚国人。曾任左徒、三闾大夫，辅佐楚怀王内修政治，外抗强秦，主张彰明法度，任用贤才。因而遭到贵族集团的诬陷和谗害，顷襄王时被罢职放逐。那么他的流放地在哪？据史料记载为沅湘流域，即湖南的沅水、资水、湘水之间的地区，并长期生活在这里。后来屈原投汨罗江自杀，这个汨罗江就是湘江的支流，即现今汨罗市至平江这一带。

这就大体上勾勒出屈原被放逐的路线，即从郢城乘船出发（运舟），经夏水而入汉江，由汉江到现今的武汉，即汉江与长江的交汇处。然后从武汉顺江而"下浮"，经洞庭湖进入沅湘一带，最后落脚在汨罗江一带生活，直到投江自杀。这期间，屈原行吟泽畔作《离骚》、《怀沙》，念念不忘自己的国家和君王，《史记·屈原列传》里说他："一篇之中三致意焉"。可见一片爱国的赤诚之心。

也许有人会问，如果从郢城顺江而下，直接进入洞庭湖，岂不更方便，为什么要经汉水而入长江，绕了那么大一个圈子。这种可能性不能说没有，但综合其他资料看，屈原并没有选择这条路线。比如"过夏首而西浮兮，顾龙门而不见"、"登大坟以远望兮，聊以舒吾忧心"。还有《九章·涉江》中的"乘鄂渚而反顾兮，欸秋冬之绪风"。这里面的"夏首"，就是汉水与长江的交汇处；"坟"就是水中的高地，有人认为是指龟山；"渚"就是水中的小块陆地。这就生动而形象地再现出，屈原所乘的船，已过了夏首，家乡的一切都看不见了，但他沿途或站在船头上、或登上高地、或站在江中的陆地上，不断地反顾故都，依然眷恋着那里的事业，为国家的前途命运而忧心。

我们从《中国史稿地图集》中可以看到，当时的长江与汉江之间是阔大无际的云梦泽，而现今的武汉正处在云梦泽的东北之畔、长江之边，北倚大别山，南望洞庭湖。我们可以想象，像屈原这样伟大的诗人，他一定会在这里停下脚步，或"行吟泽畔"，或登高西望，或江渚把酒，或与绪风对语，"聊以舒吾忧心"。这些都表明，东湖已然留下了屈原的足迹，虽然这一切已无迹可考，但其精神却依然激荡着荆楚大地。正因为如此，自古就有人在今武汉一带设有"清烈公祠"，祭祀屈原。"行吟阁"建成后，便成了今人祭祀屈原的主要场所。

话东湖，还有一个不能不说的故事，那就是"九女墩"。墩即坟，这里安息着九名太平天国女战士，她们的事迹，至今被人们传颂着。

1855年2月太平军攻克武昌，那些饱受欺压和凌辱的妇女，纷纷参加义军，以她们弱小的身躯，投入到反清的斗争。这九位女战士，就是她们中的一部分。历史没有留下她们的姓名，只知道这九位女战士都是兴国州人（即今湖北省阳新县）。第二年的11月，因天京（今南京）事变，武昌被清兵攻陷，并进行了残酷的大屠杀，血流成河，尸骨如山。而太平军则顽强抵抗，先后进行了三次突围战，场面极其惨烈。战斗中，这九名女战士壮烈牺牲在东湖岸边。太平军突围后，当地百姓将这九名女战士的遗骸合葬在东湖西北岸。为了避开清兵的搜查和迫害，故不称坟而称墩。

新中国成立后，武汉市人民政府为了纪念这九位无名女英雄，重修了九女墩陵墓，并在墓前修建了高大的纪念碑。为此，董必武先生专门撰写了《九女墩记》，由著名书法家张难先先生书写，刻在纪念碑的正面。党和国家领导人，也纷纷题词作诗，以尽纪念和缅怀之情。如董必武先生的"自求解放入天军，巾帼英雄著义声。群众最怜英雄女，口碑传出足千秋"，何香凝女士的"鄂中巾帼九英雄，壮烈牺牲后世风。辛亥太平前后起，推翻帝制古今崇"等等。

我站在九女墩下，思绪如潮。她们究竟是怎样的人？作为乡下的女人，她们是怎样了解太平军的，又是怎样参加太平军的？她们中有的或许已结婚生子，却又怎样割舍下儿女情长；她们中有的或许还待字闺中，又怎么舍得下父母爹娘；她们中有的或许已订婚待嫁，又怎么惜别她的情郎；她们或许还刚刚松开被缠裹的小脚，却又如何驰骋疆场；她们那精于女红的纤手，又怎么将刀枪刺入敌人的胸膛；她们那天使般的秀发，又是怎样在战阵中飘扬。这一切已无人知晓，而只能留在一代又一代的缅怀之中。

我们所能够体会的，也许是她们被压迫得太久、被欺凌得太深，她们从自己的母亲、祖母身上，已经看透了自己的未来，她们已别无选择；也许是她们已经懂得了这人间没有救世主，也没有什么神仙圣人，她们只能靠自己，只能"自求解放"。于是她们义无反顾，用呐喊去力争价值，用弱小去抗击强暴，用牺牲去夺取尊严，用流血去证明力量。后来的历史已经证明，她们的鲜血没有白流，她们的牺牲已唤醒了沉睡的人们。在五十五年后的1911年爆发的辛亥革命，武昌首举义旗，吹响了推翻帝制的号角。各省纷纷响应，两个月内，即有鄂、湘、陕、赣、晋、滇、黔、苏、浙、桂、皖、粤、闽、川等省先后宣布独立。清政府迅速解体。这期间，已经有了更多的妇女走出闺房、砸碎锁链、冲破牢笼，投身到自身解放的滚滚洪流之中。时至今日，九女可以安息了。无论后人怎样看待和评价"太平天国"，但这九女所代表的妇女解放的历史价值，都不应该被忘却。

当然，东湖的故事并没有结束。比如"曾侯乙编钟"，埋藏在地下两千四百多年，出土后仍能演奏各种古今中外名曲，被誉为世界"第八大奇迹"。还有越王勾践用过的青铜剑，依然寒气逼人，生化出越王挥剑杀入吴宫的道道青光。这勾践是位很了不起的人，堪称"装孙子"的世界级鼻祖。他被吴王打败后，卧薪尝胆，给吴王当牛做马，又送金银，又赠美女，可怜西施也被弄成了"女间谍"。把吴王哄得是神魂颠倒、忘乎所以。于是乎，勾践挥剑杀入吴宫，灭了吴国。

再如"天坛晨曦"。据史料记载，刘备曾在这里祭天祈福。这天坛右侧石壁上，刻着"三国"遗迹图。登上祭坛，八里磨山、十里东湖，一览无遗。说到这刘备，也是个能屈能伸的高手。自知无力匡扶汉室，便先后投靠公孙瓒、陶谦、曹操、袁绍、刘表，寄人篱下，为人驱使。特别是在曹操帐下的时候，明明心怀大志，却又不得不耕地种菜，好不容易和曹操喝顿小酒，由于心怀"鬼胎"，英雄之论，着实受惊，一声雷响，引为借口。后来听说了诸葛亮，又是三顾茅庐，低三下四，连关羽张飞都实在看不过去。但最终还是成就了一代伟业。

说现代的，要数东湖的梅岭最为著名了。这里是新中国成立后，除了北京中南海之外，毛泽东主席居住时间最长的地方。他老人家的许多宏文巨著都是在这里完成的。他生前最喜欢的松、竹、梅随处可见，是个极雅致的地方。游东湖，此地不可不去。

人从生到死，不过几十年；长江大河滚滚东流，而湖水却是相对稳定的。但愿东湖在人类历史的长河中，能够承载更多的故事，留给我们的子孙！

大江东去·商鞅

巨星陨落，万民泣，纠纠笑赴车裂。孤剑布衣，驾长策，缚虎长缨浴血。风卷黄尘，春雷炸起，强秦横空跃。始皇一统，卫鞅功在法烈。

是非万丈红尘，死生两奇冤，千古难雪。获罪东风，悲歌远，匣里青萍凄切。衔恨士衡，哀哉鹏举血，正则心灭。怅然孤叹，英灵长啸宫阙。

过秦楼·白雪

　　商君英灵，香魂白雪，仙鹊银河漫漫。一世翘望，两地相思，柱信契情河汉。比翼诗书香罗，煮酒青梅，红烛难按。叹年华一瞬，今人千里，望穿离散。

　　思悠悠，春梦秋云，朱帘隔燕，满目山河孤远。兰舟欲动，琴瑟勃发，又恐别时肠断。镜里春风，欲妆初翠凝眸，征轮难怨。卫鞅车裂处，双带化作鸿雁。

天下奇冤

商鞅这个名字以及他的是非功过，早已如"获罪东风"，离我们远去。但他的灵魂，却犹如青萍宝剑，依然在匣里发出凄切的呐喊！我填这首《大江东去·商鞅》，目的只有一个，就是要对这位饱受争议的伟人，表达一位"后生"的敬意！

商鞅是被"车裂"的。这是一种惨绝人寰的刑罚。所谓"车裂"，就是把人的双手、双脚和头，用绳子分别绑在五匹马（一说为五挂马车）上，然后同时挥鞭催马向五个不同的方向驰奔，生生地把一个大活人撕碎。所以老百姓也叫"五马分尸"。我们可以闭上眼睛想象一下，那是一种何等惨烈的场面，那一刻人又是怎样的巨痛？

那么，商鞅究竟犯了什么"罪"，或者说究竟有罪无罪；又是怎样的仇恨，或者说是怎样的蛇蝎心肠，以至于对商鞅"五马分尸"？这就促使我们反过身来，看一看商鞅变法究竟改变了些什么？是功是过？这些变革又触犯了哪些人的利益？谁是"车裂"商鞅的幕后罪首？

关于商鞅变法，西汉以降多有论著，褒贬不一，众说纷纭。但综合历代史料和各家之言，商鞅变法的基本事实还是比较清楚的。

商鞅是战国时期的卫国人，所以也叫卫鞅。他初为魏相公叔痤的家臣，衣食无忧，生活过得相当不错。但他满怀理想与抱负，却不为魏相所用。于是他"孤剑布衣、驾长策"，只身来到秦国。几经廷对辩说，终为秦孝公所用，任为左庶长，旋升大良造实施变法。这一年，商鞅刚刚三十岁，而秦孝公只有二十二岁。两个风华正茂的年轻人，开始了历史上最伟大也充满争议的"变法"。

商鞅变法的内容相当繁杂，比较重要的有：一是农业立国、土地改革。这里面必须要说的，一个是"废井田，开阡陌"，就是废除公田，允许农民开荒耕作、自主买卖土地。吴晓波先生在《历代经济变革得失》一书中，对此评价道，这"是中国土地史上的重大变革。从此以后，土地私有化成为中国历史上最主要的土地所有制度"。还有一个是奖励耕织，生产多的可免除徭役。从而"大大激发了民众的生产积极性，使变法的'农本思想'更加得以光大"。

二是实行军爵制度。即废除贵族世袭特权，实行按军功大小授予爵位等级的制度，共二十等爵。吴晓波先生在上书中介绍道："军爵制度的具体政策有两条：第一，'宗室非有军功论，不得为居籍'，收回贵族所有的爵秩，取消特权，重新分配，只有在战场上立下功劳，才能够重配爵秩，列籍贵族；第二，'有军功者，各以率受上爵'，只要有军功，无论贫贱都可以获得贵族的爵秩。"吴晓波先生认为，在世界各文明古国中，中国是最早打破贵族制度的国家。这其中，商鞅的作用可谓最大。他开天辟地，彻底抹杀了贵族与贱民的界限，"打造出世界上第一个平民社会"。

三是完善并推广了郡县制，构建地方管理体系。这种制度与分封制有着本质的区别，其郡守和县令均由君王直接任免，不再由贵族世袭，而郡县所属土地也不再为贵族世袭所有。郡县行政长官绝大多数是与宗室没有血缘关系的职业官僚。他们已无条件再擅权自用，占地为王，而是必须定期向朝廷报告工作，重大问题必须由君王决定，同时朝廷也有权对其进行考核和奖罚。这就极大地强化了中央集权体制。从此，郡县制"垂二千年而弗能改矣"。

此外，还有赋税改革、统一度量衡和创立中国户籍制度等。总之，商鞅变法使秦国强大了。一百多年后，秦国横扫六合，完成了统一大业。所以说，"始皇一统，卫鞅功在法烈"。

当然，如同古今中外的任何变革一样，商鞅变法也有其自身或那个时代的局限性，也存在着在后人看来的诸多问题，如抑商、排商，敌视货币等。吴晓波先生在上书中作了比较客观的分析。然而，无论功过，我们都应该将其放在当时的社会历史条件下去分析，既不能把历史顺境中的成就简单地归功于个人，也不能把历史逆境中的挫折简单地归咎于个人，更不能苛求前人干出只有后人才能干出的事业来。这是科学史观的一个基本原则。

纵观历代对商鞅变法的批判，其最大"罪过"之一，就是"严刑酷法"。对此，抽象否定的多，从具体时间、地点和事件来分析的少。而法之所谓"严"、所谓"酷"，既是现实的、具体的，又是历史的。对谁而"严"，又对谁而"酷"；为何而"严"，又为何而"酷"，都必须放在相应的历史背景和条件下，进行历史的、客观的、具体的分析，而不能以学派之偏见或后人之想象，妄下论断。比如我们现在，在正常执法的同时，也还要不定期地进行"严打"，这是维护社会稳定、保护人民生命财产安全所必要的。更为重要的是，历代批评家们，也同样缺乏从商鞅立法与执法的基本思想和法理原则这个高度上，进行深入的探究与分析，而是一味地指责其"严刑酷法"。

关于这个问题，孙皓晖先生在《大秦帝国》中进行了深刻的剖析。他认为商鞅的立法思想是"法以爱民"，其基本主张是"法者，所以爱民也。礼者，所以便事也"。这在那个时代是独一无二的，具有极为重要的进步意义；而他的立法目标原则，则是"去强弱民"，即要祛除不法强悍、快意恩仇、私斗成风的民风，使民成为奉公守法勇于公战的国民。其文明取向是显而易见的。商鞅有一个很清醒的理念：那就是国家之乱，在于有法不依。所以他把"使法必行"作为司法原则，并强调要严厉执法，大力任用敢于和善于执法的人才。因而他坚决反对"滥仁"即"法外施恩"，主张"刑无等级"的公平执法理念，对权贵阶层实行同样的执法原则和执法力度。这与"刑不上大夫，礼不下庶人"的旧传统相比，难道不是进步吗？！就连秦孝公的兄长，能征惯战的太子傅嬴虔犯了罪，商鞅都敢对他施以"劓刑"，就是把鼻子割掉，更何况别人了。

由此可见，商鞅何罪之有？即使在变法中出现一些失误和问题，那也"罪"不至死，更谈不上"车裂"了。显然，从商鞅自身作为上找原因，是无法说得通的。

历史告诉我们，"车裂"商鞅的罪首，是秦国贵族的复辟势力。道理很简单，事实很清楚。商鞅变法首先遇到的最大阻力，就是"孟西白"这三大贵族势力的公然抗法。更为复杂的是，他们还把太子嬴驷也拉了进来，拿他的封地大作文章，这就为后来"车裂"商鞅埋下了祸根。在这种变法是退是进的关键时刻，商鞅没有退缩、没有让步，而是在秦孝公的支持下，依法斩杀县令赵亢、白氏首领白龙和十一位白氏族长。此后，商鞅又与以太师甘龙为首的贵族复辟势力，展开了一系列较量，极其艰难地推进变法，这就与贵族集团结下了不可调和、你死我活的矛盾。

令人遗憾的是，秦孝公比商鞅年轻好几岁，却死在了前头，而接班人正是与商鞅结怨有仇的太子嬴驷。于是，贵族复辟势力借机大肆反击，并密联六国向嬴驷递交"杀商君书"。可谓内外勾结、不择手段。而商鞅在失去了秦孝公这个最有力的支持者并四面受敌的情况下，其命运也就可想而知了。不仅被"车裂"，而且被杀了全家。至于有记载说，秦孝公因商鞅变法有功，把商地封给了他。有人劝说商鞅已功高盖主，不可领受。但商鞅不听，欣然受之，因此埋下祸根。这个因果分析显然是站不住脚的。因为在当时，对有相当级别的有功之臣封邑，是法律所允许的，而且受封者也不止商鞅一人。即使这是一个原因，也不是主要的。说到了家，这无非是贵族们反击商鞅变法、置商鞅于死地的一个说辞。正所谓"欲加之罪，何患无辞"。

令人欣慰的是，商鞅死后不久，秦惠王嬴驷联合士族力量，在公伯嬴虔的支持下，一举消灭了贵族集团的反扑，斩杀甘龙等复辟势力首领。新法得以继续推进，秦国继续走向强大。可以说，商鞅是用自己的鲜血和粉身碎骨，保护了变法的成果，换来了贵族复辟势力的灭亡，铺就了大秦帝国一统华夏的百年之路。这难道不值得我们后人敬仰吗！一个人的生命是有限的，但他为国家、为民族所创立的事业，他所留给后人的精神财富，则是无价的。反之，那些对此视而不见或颠倒黑白、肆意辱骂的人，其心何安。而这一切又会给我们的子孙，带来怎样的误解和创伤！史笔者，当慎之！

在读《大秦帝国》时，我曾被商鞅与白雪的爱情所感动，反复看了多遍。因为在如今，这是一种别样的情感。她深入到我的心灵，搅起我从未有过的激情，拷问着我在情感上的追寻，吟诵着爱的真谛。她像一池清泉，不断地洗刷我的灵魂；她像一团火焰，燃起了我对爱的信念；她又像一缕清风，带走了我的迷茫与彷徨。于是，我在写完《大江东去·商鞅》之后，又填作了这首《过秦楼·白雪》。

我不知道，在当时是否真的有过白雪这位女士，也不知道她与商鞅之间是否真的存在过如此动人的爱情，但我宁愿相信这一切都是真实的，更企盼这一切成为永恒。因为对于今天的人类来说，我们太需要这样的真情了。

愿商君与白雪的在天之灵，得以安息。

解连环·商道

　　曙光微现，灯残堆泪满，弃毫孤叹。范蠡圣，挂冠飘然，纵使富万斛，尽施唯善。不韦挥金，只贫得，灰飞血溅。邓通雪岩贵，吞心似海，埋了钱眼。

　　也曾尽奢富艳，画楼拥翠响，莺娇轻唤。玉盏醉，红袖金盘，众骑簇香车，歌宴再展。暮雨晨钟，又朔塑，云破月散。势如水，无语东流，落阳难怨。

商道之鉴

这首《解连环·商道》，是我的读书所感，今天写一句，明天填一句，断断续续也有两年多才完成。先说《解连环》这个词牌，有个很智慧的典故。

说的是战国时相互斗法，有武斗，也有文斗。武斗者，就是布兵列阵，相互厮杀，斩将夺旗，攻城略地，坑卒杀降，血流成河；文斗者，更是五彩纷呈，争奇斗艳，锦囊妙计，无奇不有。如苏秦一介布衣，凭三寸不烂之舌，游说天下，挂六国印，统百万兵；张仪被人打昏在地，醒来第一句话便问，"我舌在否"？更有割地赔款，质子敌国，金银美女，离间骨肉，谗害忠良，不一而足，靠的都是文斗。

这解连环说的是文斗。据《战国策》记载，秦国与齐国斗法，秦王为了难为齐国，便送给齐君后一枚玉连环，并说：齐国的聪明人很多，有智慧的人也很多，能够将这连环解开吗？于是，君王后就将连环拿给群臣看，问谁能解开？群臣都认为根本无法解开。只见君王后拿起铁锤，将玉连环打碎，然后告诉秦国使者说：连环已经解开了。弄得秦王颜面尽失。

咱们中国人有智慧，"心眼多"，能武斗，更善于文斗，如《孙子兵法》、《六韬》等，都是世界级的大智慧。但细想来，咱们把这智慧用在军事和官场上的多，用在经商上的少。这固然与古代"重农抑商"的国策有关，也与当时知识分子的价值取向密切相连，也就是"官本位"。在那个年代，"士"的最高追求，就是把自己卖与帝王家，光宗耀祖，富贵乡里。那么，他们为什么如此热衷于做官呢，道理很简单，当官不仅可以"贵"，也同样可以富，而且富得一点都不辛苦，一两代就搞成个士族豪门。而经商不仅很辛苦，且社会地位很低，很容易破产。所以那些做不了官的或被罢职的，宁可当隐士以图东山再起，也不肯去经商，因为丢不起那个人。这就导致了当时社会的一个很重大的问题，知识分子乃至精英，要么拥挤在官场，要么废之于山野。

在诸子百家中，《管子》虽有不少经济思想，他本人也不失为经商高手，把齐国搞得很富强，但从本质上说，这仍然属于"治术"，而非商道或真正意义上的经济学。算下来，只有"计然学"和经商有关系。仅此一例，还不被承认为"学"，只被看做是"术"，倍受歧视，以致不传。从而使中华民族在两千多年中，官道大进，而商道少成。经商者崇尚官道，官商勾结。以致到今天，依然有很多糟粕盛行于商场，令人不堪。

在这首词里，我选取四个历史上与经商有关的人物，并通过他们的所作所为，对经商之道做点探索，以供借鉴。

先官后商的，要数范蠡最早、最成功，也最典型。那么，是什么原因让这位功成名就的大官挂冠而去，做起了生意呢？有文章说，范蠡帮助越王打败吴国后，心想："计然七策"我用了"五策"，就能让越国国富兵强，并一举灭掉吴国。那为何不用"计然七策"以自肥！于是便携西施弃官而去。这或许是一个重要原因，但肯定不是一个主要原因。综合各种资料分析，范蠡弃官的主要原因，是避祸自保。而经商则是一种无奈的选择。

这范蠡原是楚国宛人。入越后，凭着个人才华和过人的智慧，深得勾践信任，官运亨通，当上了越大夫。这范蠡也确实能干，他运用"计然之学"，苦心戮力，日夜辛劳，历经二十余年，把一个蛮荒的越国，搞得像模像样。但正在越国勃兴之时，不幸被更为强大的吴国所败。在这种情况下，范蠡说服勾践韬光养晦，不仅以美人计将西施献给吴王夫差，以达求和之目的，而且自己也到吴国做了两年人质，尝遍了人间的酸甜苦辣。回越后，他与文种向勾践献"十年生聚，十年教训"之策，并与越王一道"卧薪尝胆"，发愤图强，终于灭掉了吴国，他也当上了将军，可谓名震朝野。

更为可贵的是，这时的范蠡头脑是清醒的。一方面他知道自己功高盖主、名气太重，难以久居其位；另一方面，他更深知越王勾践的人品心性，是个"可与共患难，难与同安乐"的人，久居其位，必无善终，于是便弃官而去。那么范蠡离开越国后去哪里了呢？史载他去了齐国，并改名为鸱夷子皮。在齐国期间，范蠡并未经商，而是当了一段时间的相。这表明，他当初弃官离开越国的目的，并不是用"计然七策"以自肥，而是避祸自保，以图东山再起。

与范蠡同为勾践重用的越大夫文种，也是个了不起的大才。灭吴后他被勾践授以国政，也就是一人之下，万人之上了。于是就头脑发热，忘乎所以，辅佐勾践"奋发图强"了。与范蠡相比，文种少了点智慧，他不懂得"飞鸟尽，良弓藏"的因果之律，也不知道"大丈夫以身报国，功成身退，何图富贵"的道理，更不晓得"一个时代有一个时代的英杰，久恋官位，必被淘汰"的哲理。这期间，他曾经接到过范蠡的来信，规劝他急流勇退，以求自保。文种虽然接受了范蠡的意见，从此称疾不朝，但为时已晚。那些忌妒他、怨恨他的人，已开始了蓄谋已久的陷害。这正中勾践下怀，于是赐剑命文种自杀。有文章说，杀文种是勾践听信谗言。这话太牵强，也太美化勾践了。更大的可能是，勾践对文种早就有所忌惮，怕他位高权重，架空自己，甚至取而代之，夺了他的王位。这是历代王朝当皇帝的普遍心态。对那些潜在的"危险人物"，正愁着找不着机会除掉，所以一纸谗言，便要了文种的性命。而此时，范蠡正在温柔乡里过着奢华的生活。

从史料上看，范蠡在齐国做官也不是很顺利，满腹经纶无处可用。于是又再次辞官，来到了山东定陶，并再次改名为陶朱公。从此开始了他的经商生涯，以致大富于天下。现在看，范蠡的经营之术并不复杂，概括起来说，就是"损有余而补不足"。他能够准确把握供求之间的有余与不足，某种物品在某地过剩了，就运到短缺的地方去卖；主张谷贱时由官府收购，谷贵时再平价售出，以抑制粮价而生民。这在当时那种信息和交通条件下，是相当了不起的。更为可贵的是，他的经商之道是"损富以补民贫"。到了晚年，他更是尽散家财，携西施飘然而去，不知所终。故被后人尊为"商圣"。商圣者，善之上也。

先商后官的，要数吕不韦最牛，从一介布衣商人，做到秦国的宰相，封文信侯，食邑十万户，又是秦始皇的亚父，真可谓要风得风，要雨有雨，放眼七雄，没人敢摸他的老虎屁股。各国使节到了咸阳，见他一面都是荣幸之至、相恩浩荡了。

这吕不韦本是河南的大商人，富甲天下。那么他做的什么生意呢，除店铺之外，主要是长途贩运，取盈补缺。但他是个"不安分"的商人，他一边大肆积累财富，一边时刻留心官场动向，寻找一切可能的机会，进身官场，野心是相当大的。

说起来，真是"苍天不负有心人"。机缘巧合，他在赵国都城邯郸遇见了"大贵人"，就是质于赵的秦公子异人（后改名子楚）。出于商人的敏感和精明，他发现子楚"奇货可居"，认定他的官运就在此人身上。于是，他携重金入秦，开始了"谋官"之旅。那么他的突破口选在哪，就是既有权势又爱金钱的华阳夫人，也就是秦孝文王的老婆。俗话说，有钱能使鬼推磨，重金之下，华阳夫人终于说服秦王，立子楚为太子。这样，子楚就可以名正言顺地回国了，而吕不韦作为大功臣也必然要随行入秦了。等到子楚即位为王后，吕不韦也就当上了相。几经官场经营、广施钱财，由富而贵，门下宾客三千，奴仆近万，又编纂了《吕氏春秋》，构建自己的政治纲领和思想体系。举国上下，只知有相，不知有王。

这里面有个传说，吕不韦在邯郸经商时，曾娶邯郸姬为妾，有孕后又献给了子楚，生下一个男孩，就是后来的秦始皇。这在当时的秦国朝野并不是什么秘密。如果这个传说是真的，那他的目的是很明确的，就是要取嬴氏天下而代之，老吕也要过把皇帝瘾。也许是这个原因，嬴政亲理朝政后，找了个由头便罢了他的官，逐出都城，回到了他的老家河南，又成了一介布衣。此时，如果他重操旧业，老老实实经商，或许尚能致富，至少可以活命。可他依然野心不灭，与六国贵族勾结，阴谋叛乱，灭秦自王。结果被秦王政发现，畏罪自杀，弄得个富贵两空。

亦官亦商的，要数西汉邓通最富，死得也最惨。这邓通原本是四川乐山的一介船夫，别无所长。他之所以能一步登天，机缘是匪夷所思的：竟然是因为他与汉文帝梦中的"贵人"穿着同样的衣服。

这邓通最擅长的就是溜须拍马、巴结奉承，讨皇帝的欢心。有一次汉文帝背上生了一种恶疮，经常流脓，腥臭难闻，把文帝折磨得苦不堪言。别人见了避之不及，而邓通却常常用口吮吸文帝恶疮流出的脓血。文帝非常感动，赏赐不断，加官晋爵。官从黄头郎到上大夫，钱一赏就是数十万。就这样，文帝依然觉得不够，干脆将蜀中的一座铜山赐给邓通，特别批准他可以自己铸钱，时称"邓氏钱"。于是，邓通一面做着朝中的上大夫，参与朝政，贵为心腹，一面组织人马开矿铸钱，做起了造币家和银行家。很快"邓氏钱"流行于天下，邓通也就富可敌国了。

月盈则亏，物极必反。汉景帝继位后，很快就罢了邓通的官职，压抑已久的朝臣们也纷纷劾奏邓通贪污公款，腐败至极。于是，早在当太子时就对邓通怀恨在心的景帝，下诏将邓通的家财全部没收。一夜之间，邓通就由全国首富，变成了"不名一钱"的穷光蛋。最终竟被活活饿死。

纯经商的，要说说胡雪岩了。虽然他被誉为"红顶商人"，但那不过是花银子捐了个名头，当不得真。他从一个银号的小伙计，做到全国闻名的买办资本家，算得上是个成功的商人了，但最终"因出口丝赔累破产"。关于他的故事，已出版了好几部小说了，大家都比较熟悉，此处不再详述。我要说的是，他的失败，归根结底是在进退收放上缺了点智慧，明知不可为而为之，最终输给了自己。

从上述这四类商人的经历中，我们似乎可以得到这么几个启示：

商不可与官通。这个"通"，不是说商人不能和官员交往或结亲，交往乃人之常情，而是指官商不能交易，尤其是钱权交易。古往今来，走这个路的商人或官员，大都没什么好下场。道理很简单，官与商各自的宗旨、追求和目的是完全不同的。官的对象是民，其宗旨无论是"治民"、"牧民"，还是"为民"、"富民"，其目的都是解决老百姓的事；也无论能否做到，或口是心非，但它就是这么个性质。无民则无官可言，民乱你官也当不成。而商人追求的则是利益最大化，成本越低越好，钱赚得越多越好。于是就难免会做些投靠投机的事。商与官通，无论理由多么充分，说得多么动人，无非是借官之势多赚点钱。商人逐利，无可厚非，谁经商都一样，百步别笑五十步。问题的关键是守住商道底线：依法经营，别去投机投资官场。因为你从官家那儿拿到的利益，每分钱都和老百姓密切相关。老话说：损民者亡。这么做，虽可得一时之利，但最终无论是商还是官，都没有好日子过。

商不可富极。盈则亏，满则溢，物极必反，从大自然到人类社会，都是这么个道理。老话说，富不过三代，贵不出两朝，也是这么个规律。从古至今，没人能超越这个定律。

可是很多商人偏偏打不开这个结，吃着碗里的，瞄着锅里的，一个项目还没做好，又去抓另一个项目，不断扩张，无限搞大，拆东墙，补西墙，没完没了，不知进退收放，为的就是那个最大、最强、最富。一旦资金链断裂，立刻满盘皆输。殊不知，人类社会从来就没有过最大、最强、最富。即使你成了首富，也不过一时之快，又能维持多久。胡雪岩的跟头就摔在这里。

经商是个循环性最强的行当，从产品到百姓手头是个循环，资本从投入到回笼是个循环，企业从小到大、从弱到强，也是个循环，而不是个一往无前的直线。所以，范蠡、子贡经商，最讲究的是"圆通"二字。这个"圆"就是循环，让资本在循环中不断增值，循环往复，螺旋上升，以至无穷。圆则通，通则兴。这个"圆"就是过程、就是秩序，循"圆"而为，逐步发展，不可轻易打破这个"圆"，盲目扩张。也就是说，每个商家都有自己的"圆"，虽然有大有小，有强有弱，但关键在于循环的质量。商家追求的应当是发展自己这个"圆"，而不是打破这个"圆"，圆破则滞，滞则腐。最终，自己的"圆"废掉了，新的"圆"也没弄成。

商必还富于民。经商的人都知道，一夜暴富的毕竟是少数，绝大多数人都有个艰辛打拼、逐步发展的过程。随着企业做大和财富的积累，自己的年龄也一年年大了。于是，很多人开始思考自己的"后事"。比如，是继续打拼，还是交给子孙；是继续投资扩张，还是做点事业；是留在国内发展，还是移民国外生活，等等。每个人都会有自己的想法。其实，无论怎么选择，还富于民都是一种必然，你不主动还，就得被动还；你不这样还，就得那样还；你这一代不还，下一代也得还。因为你的财富原本就是来自于民的，是千千万万个老百姓的小钱，经过你的商业运作，汇集成了大钱，就像银行一样，这些钱只不过是暂存在你这里，最终的所有者是民。那么怎样还呢？国内外很多企业家，尤其是那些大名鼎鼎的企业家，最终的选择都是慈善。通过慈善事业还富于民，这就是经商者必以善终之道。

将进酒（小梅花）

《醉乡记》，《酒德颂》，尽数风流赞美酒。张翰急，渊明悠，刘伶携锄畅饮死方休。李白斗酒诗百篇，王维劝君一杯酒。兴起樽，愁恋杯，壮士赴死无酒怎壮酬。

五花马，千金裘，怎能销君万古愁。《醉时歌》，杜甫忧，形名两忘即时一杯酒。苏轼把酒问青天，孟德当歌酒中求。七贤竹，八仙宴，忘却红尘醉中自封侯。

酒　德

这首《将进酒（小梅花）》，填作于1985年。那天几位一起下乡的战友到家里来喝酒，大家乘着酒兴，非要我当场作一首《将进酒》。我知道李白的《将进酒》是七言乐府诗，很长也很难写，以前从未尝试过。于是，只好用贺铸的词牌《将进酒（小梅花）》填了一首，也算应付过去了。第二天，我想再对照音韵做些修改，却发现找不到《将进酒（小梅花）》的词谱，也就没办法判断音韵的对错，只好照猫画虎了。还望方家指正。

有人说，人这一辈子有三喝：小时候喝奶，中年喝酒，晚年喝药。单说这酒，和我们的关系真可谓"千丝万缕"，件件都挂得上。

比如这人从生到死：你一出生，父母亲朋就要为你喝喜酒；你一个月了，要喝满月酒；你一周岁了，也要喝个酒；等你考上大学了，也得喝个庆祝酒。古时候，这个年龄还有个加冠礼（即成人仪式），也要喝个酒；到了你娶妻成家，自然是一场大酒；这之后，年轻时每年要喝生日酒，年龄大了要喝寿酒，尤其是六十和八十这两个大寿，更是无酒不成；等你离开了人世，活着的人还得为你喝个酒，愿你在那边过得好；即使是不幸被判了个死罪，临刑前也要喝个"断头酒"。在日常生活中，每逢节日或亲朋聚首，更是无酒不成席；如果你升了官、发了财或做成了什么事业，也必是以酒相庆；至于什么壮行酒、送别酒、接风酒、应酬酒、求人酒、答谢酒、交易酒、仪式酒等等，真的是五彩缤纷，名目繁多，不一而足。总而言之，人们是高兴了要喝酒，痛苦了也要喝酒；内心恐惧了要喝酒，寂寞难耐了也要喝酒；心里偷着乐时要喝酒，独自忧愁时更要喝酒；即使什么事都没有，在家也要自己喝个小酒。

从另外一个角度看，这酒与政治也有着密切的关联。有人列出中国历史上十大著名饭局：渑池之会、鸿门宴、煮酒论英雄、群英会、东晋新亭会、杜康美酒醉刘伶、饮中八仙长安酒会、贵妃醉酒、杯酒释兵权、乾隆千叟宴。大都是为一定政治目的服务的，酒席间充满政治色彩或瞬间定生死的恐惧，而这一切又往往以摔杯为号。比如这鸿门宴，席上称兄道弟、推杯换盏，而帷帐之后便是手持利刃巨斧的武士，刘邦的人头随时可能落地，这酒能喝出个什么滋味。这煮酒论英雄，也无非是曹操要试探一下刘备的野心有多大，会不会对自己构成威胁。刘备还算是会"装孙子"，借着一声雷鸣，总算蒙混过关了。那个杯酒释兵权就更绝了，赵匡胤一顿酒，就把那些拥戴他黄袍加身，跟随他南征北战、出生入死、患难与共的兄弟们，全部解甲归田了。我想当时如果有人反对，恐怕也无法活着离开那里。在官场上，原本就没有什么兄弟可言，你如果把他当兄弟了，只能说明你太幼稚，丢了脑袋也怪不得别人。至于千叟宴，也不过是乾隆炫耀"十全武功"和收买人心之举，其政治目的是显而易见的。

当然也有纯粹娱乐性或文化性的。比如东晋的大书法家王羲之等名士，每年的三月初三这天，便相聚在兰亭之水边宴饮。他们的玩法有趣而高雅：名士们各自择位，拥水而坐，然后在水的上游放置酒杯，让酒杯顺水而流，漂到谁的面前不动了，谁就得把酒喝下，同时赋诗一首，并伴有莺歌燕舞。他们并没有什么政治目的，也不是谁求谁办事的应酬。他们的目的就是娱乐、或借此交流自己的新作，或借上巳节这一天的酒水消除不祥。这在当时叫修禊。

这酒与我们的关系如此密切，人人事事都离不开它，那就有个怎么对待、怎么喝法的问题，古人称之为"酒德"。关于这个问题，古人有不少著述，有褒有贬，有扬有抑，各证其论。现如今虽然已无人关心这些传统了，但这酒德还是要有所讲究的。概括起来说，就是"敬而不劝，品而不干，纯而不杂"。具体说：

首先是喝酒要斟酌。这"斟酌"二字，现在用的主要是它的引申义，即反复考虑，再三权衡。其实这"斟"的本义，就是往杯子或碗里倒酒；这"酌"，就是喝酒或饮酒。合在一起的意思，就是斟酒的要酌情，喝酒的要酌量。斟酒的人，不能不顾人家的实际情况，生拉硬倒，牛不喝水强按头；喝酒的人，也不能不管自己的酒量，或出于面子，死活都要喝。这在古时候叫"有失酒德"。

再细分析下去，这喝高的、喝吐的、喝断片的，一种是部下与领导喝酒，部下往往容易"失德"。你想啊，无论你酒量大小，只要领导不说停，你就得陪着喝。因为在这种情况下，你只有"斟"的义务，而没有"酌"的权利，所以当领导的与部下一起喝酒，应当以德率之，有个尺度。另一种是求人办事的酒，求人的一方往往容易"失德"。你求人家办事，人家肯端你的酒杯，已经是给面子了，人家没说不喝，你能自己在那"斟酌"吗？无论能喝不能喝，只能不断劝着人家喝；劝人家喝，自己就得喝。所以被请的人，要体谅人家的情况，有所节制，见好就收。还有一种情况是心里有事，无论是喜是愁，又是与朋友同饮，无所顾忌，也往往容易"失德"。酒入话兴，说得高兴，聊得到位，于是小杯子就不行了，换成"小钢炮"干着喝。酒喝多了，伤人伤己，这里面就缺少了斟者的酌情和饮者的酌量。

古人喝酒，对这个酒杯是很有讲究的，大大小小，名目繁多。比如有的叫觞，有的叫樽等等，各有各的用处。这表明，古人喝酒并不是什么酒都要一饮而尽的，也不是杯杯都要干掉的，而是讲究品酒，就是慢斟细饮，品而不干，认为酒之美在于品而不在于饮。不是喝得越多酒越美，也不是酒越美越多喝，而是让酒在喉舌之间流转，品味其甘醇，分享其清香。这就使酒有了境界。所以，无论和谁喝酒，也无论喝什么酒，都应以品味为主，兼之以干杯。这应当是酒德的应有之意。

其次是喝酒不能乱性。酒以乱性，这是古人对饮者早就发出的警告。"古今多少风流事，尽在酒酣醉梦中"。因为在古代，每逢酒宴，必有歌舞相伴，即使是家宴，也是要请歌妓的。这时候，男女杂坐一起，一个贪色的，一个爱钱的，再加上酒精的作用，就难免会发生点什么。即使是平素里矜持庄重的人，在这种状况下也有把持不住的时候。所以古人常以"酒德"规劝之，如男女不同席等。时至今日，虽然没有了这种歌舞伴酒的形式，却又多了个"三陪"的实质，从陪酒到唱歌、到洗浴，还是个一条龙服务。

我知道，有过如此经历的人，不一定都是酒鬼色狼，也不一定是抱着什么目的来的。他们的生活方式也许是严肃的，或也有着称心的工作和美满的家庭，问题就出在这酒上了。因为酒精会使人亢奋，如果喝多了，会错乱人的性情，导致异常行为的发生。比如平常不爱说话的人，酒后则滔滔不绝；正常状态下做不出来的事，仗着酒劲什么都敢做；如果平时有所压抑，那借着酒就会发泄出来。所以，大家在一起喝酒，一怕"酒腻子"，二两酒下肚，说起来没完没了，谁也插不上话，更不能走，谁走跟谁急。这么一来二去大家都得喝多了；二怕"酒疯子"，酒劲一上来就开闹，登椅子，摔杯子，又说又哭又闹，好像天底下的人都对不起他。这时你劝他，他真敢揍你。即使到了家，也照闹不误。这时老婆就会骂他：这酒是喝狗肚子里了，还是喝人肚子里了。三怕"酒痞子"，不管你意愿如何，生拉硬拽按着你喝，你不喝，就跟你闹。再喝高点，就喊着叫小姐、找女人，即使酒桌上有女同胞，也全无遮挡，什么都敢招呼。

如果你对这种应酬酒，是推脱不掉的，那就只有一个办法，控制好自己的量，定性自饮，评品自赏，任谁说破了天，也不突破自己的量，这就不会乱你的性。酒这东西，最初是作为一种药来饮用的，所以也有许多好处，不然几千年下来就不能没有它，关键在于自守和酌量。不能像刘伶那样，赤身裸体地开怀畅饮，全然不顾别人的感受。刘伶其实也知道酒大伤身的道理，所以他到哪去喝酒，都要让仆人扛上把锄头，并告诉人家：如果我哪天喝死了，就地埋这里，不要抬来搬去的。至于说"李白斗酒诗百篇"，不过是个形容，说明喝点酒可以激发人的创作灵感，不能借此彰显酒越多越好。王维"劝君更进一杯酒，西出阳关无故人"，那是一种离别故土的意境，而不是说送行酒喝得越多感情越深。

最重要就是酒不费公。既不能因喝酒误了工作，更不能公款吃喝。单说这"吃公"，可谓历史悠久了，翻开史书随处可见。但好像并没有谁真正指出这是个问题，最多也是规劝一下不要太过分、不要太浪费了。似乎也没有人把这看成是个酒德问题，谁埋单好像和谁喝酒没什么关系。其实不然，用谁的钱吃喝，是酒德中的首要问题。所谓公款，其实就是纳税人的钱，也就是老百姓的钱。你整天用老百姓的钱吃喝玩乐，不要说违纪违规了，最起码也是个缺德的事。你花别人的钱肥了自己的肚子，当然不会心痛。所以就会越吃越大、越喝越高档，一桌几万元的菜，一瓶十几万的酒，连眼睛都不会眨一下。闹得国家不得不连发"禁规"。

照现在大多数官员的收入状况，花个几百元或千八百元请客吃个饭，也算不上多大的事。自己的钱，吃得放心舒心，喝得理直气壮，又不欠"吃人家的嘴短"的人情债，更不用担心被人家发现、捅到网上曝光，岂不快哉！何必贪图人家的小便宜，非得拿着公款去吃喝，既担惊受怕，又缺了酒德，还得给人家办事。算下来，除了能给自己省几个钱，并无其他好处。所以，凡是爱喝几口的人，都应当先树起这个酒德。

读 书

似友如师道，三益卷卷情。
清辉书旧案，三上伴青灯。
对影晨昏悟，三到贵践行。
风烛忧目力，老骥欲时争。

学会读书

这首五言律诗《读书》，是2013年退休前整理藏书时写作的。翻着一本本以前读过的书，看到书上当时写下的体会和心得，想起多少个挑灯夜读的不眠之夜，有感而发。

读书是一种快乐、一种幸福。这种快乐和幸福，只有读书人自知，不读书或不会读书的人，难以体会。正如明代于谦《观书》云："书卷多情似故人，晨昏忧乐每相亲。眼前直下三千字，胸次全无一点尘。"他把书当作亲密无间的老朋友，一天到晚无论是忧是乐，都离不开它。由此心中一片明净。这是一种相当深刻的幸福感。还有南宋大诗人陆游，到了晚年依然手不释卷，自谓其乐不可代也。"白发无情侵老境，青灯有味似儿时。"透着一种青春勃发的意境。

对于真正懂书、爱书的人来说，读书的目的，并不是"十年寒窗苦"、"金榜题名时"，而是"归老宁无五亩园，读书本意在元元"。也就是说，不能把读书当作一种功利行为，也不要企求通过读书得到点什么。否则便不会有快乐与幸福可言，不快乐不幸福，读书便会索然无味，更何谈坚持不懈。

书所能给与我们的，除了知识、理论和智慧之外，更多的则是伴随着作者笔端，而游弋于思想海洋中的那种酣畅与深刻。这时你会有思考、有想象、有判断，也会有惊叹、有赞美、有反对，就像一个万花筒，在你的头脑中竞相绽放，让你每一时刻都活在思想中、乐在思考中，是那样的厚重而持久。这种快乐和幸福，是人世间任何一件事都无法比拟的。正所谓"书卷多情"、"乐至深藏"。

西汉丞相公孙弘，是深得汉武帝信任的重臣。他少时家境贫寒，给大户人家放猪谋生。与其他穷孩子不同的是，他每天放猪都要带着经书。把猪赶到有草有水的地方之后，他便在蓝天白云下畅然阅读。有诗人说他"牧豕自横经"。后来公孙弘谋了一个狱吏的差事，也是拿着经书上下班，一有空闲便展卷阅读。也许是他酷爱读书出了名，汉武帝破格提拔他当了博士。从此，他辅佐武帝做了很多大事，封平津侯。学术上也很有成就。到了晚年，有朋友问他一生喜怒哀乐，他没有说什么伟大成就，也没有重提什么拜相封侯，只表达了对"牧豕自横经，蓝天有书声"的深深眷恋和无限向往。我想公孙弘一生最幸福、最快乐的时光，正是这段日子。正如宋代翁森诗云："读书之乐何处寻，数点梅花天地心"。

对于读书，古人是很讲究的。除了净手、焚香、品茶这些程式性的传统之外，也给我们留下了许多好方法、好理念。

比如古人读书讲究"三益"。用今天的话说，就是读书要秉持正直、诚信、多闻的基本态度，既要有自己的主见，又不能带着个人的偏见，未读而定，先入为主；既要深入书中，真正弄懂其中的思想、观点和如此表达的目的，又不能随波逐流、为书中的某些思想和观点所左右。也就是说，并不是所有的书都是有益的，也不是书里说的话、讲的事都是对的。写书的人各有各的经历、背景、学识和目的，也有各自的局限和不足。就像很多演员从来不看自己演的电影或电视剧一样，很多作家也从来不看自己写的书，因为那里有太多的遗憾。读书既要广博，又要精深。有的书一般看看即可，而有的书则必须反复精读。以这样的基本态度去读书，不仅可以达到多闻增识的目的，还可以很好地塑造人的思维和品格。西汉刘向曾说："书如药也，善读能治愚。"读书真的可以改变人。

我有个朋友的亲属大学毕业后来北京打工，托我照顾。我和他聊了几次，发现这个孩子有很多不足的地方，就建议他工作之余多看些书。他却说，我上了十几年学，读了那么多书，有什么用？您还让我读书。我现在最缺的是钱，而不是书。我说那好，只要你按我的要求去读书，我给你发奖金。于是，我从家里拿了十几本书给他，都是我读过的，上边写着我的体会或看法。每个月我去检查一次，如果他做得好，我就给他兑现奖金。如果没做到，我就给他讲书，并要求他重读。如此下来有大半年的时间，他对我说，现在我真的明白了读书做人的道理，您以后不用再管我了，并把我给他的奖金都退给我。后来，他回家乡考上了公务员。我的朋友对我说，这个孩子像变了个人似的，和过去大不相同。

再如古人读书讲究"三到"，就是眼到、口到、心到。眼到，就是要真正看进去，真正看明白；口到，有些书不仅要看，而且要读出来。这与只看不读，效果是大不一样的。只看不读，属于一次性信息获取，看过也就过去了；而边看边读，就多了个二次信息反馈，你读出来的声音，耳朵会听到的。耳朵听到的，都会在大脑中留下相应的痕迹，增强你的理解和记忆。有时候你看过去了，并没有什么体会。可是当你读出来以后，就会觉得不一样，就会有新的感受。我的体会是，古书是一定要边看边读的，尤其是楚辞汉赋、唐诗宋词是一定要边看边读的，近现代白话书的重点段落，是一定要边看边读的。另外，有些人看书，从来不看目录。我的方法是不仅要先把目录看懂，而且要边看边读。这样就会对全书的主旨、结构和目的，有个系统了解和把握，然后再去看正文，效果就大不一样了。

这"三到"的核心和关键是"心到"。就是要专心于书，边看边读边思考。不能一边看书一边做别的事，心不在焉，眼睛在看书，心里却想着别的事，这样是不会有什么收获的。心专了，就会伴随作者的笔端去思考，或启发、或新知，或赞同、或反对，都是你思考的收获。读书没有自己的思考，基本是白读。这就是为什么同一本书、不同的人看了，会有不同的体会和收获的原因所在。人家看了一本书，就会有很大的收获，你读了十本书，也没有什么收获，差距就在于你的心没到，你没有自己的思考。我有个习惯，那就是古人说的"不动笔墨不读书"。无论在什么环境下读书，都要拿上一支笔，边看边想，有所体会就写在书上，就是大家常说的"眉批"。一本书读完，再把这些"眉批"整理一下，记在本子上，作为自己思考的积累，时间长了，你会发现收获真的很大。读书时有笔在手，确实可以促进人的思考。

有书友对我说，"心到"需要安静的环境。我的体会是，正如"心静自然凉"的道理一样，心专自然静。"心不到"不是环境不静，而是你的心不静，心不静，心就无法融入书中。古人就有这样的例子，为了练静心、专心，专门到闹市去读书，哪里越嘈杂，就越到那里去读书。练就了心唯于书、耳绝于境的功夫，也就是旁边有什么人、说什么话，根本听不到。我也有这样的经历。邻里常有装修的，电钻声、砸墙声，弄得人心烦气躁。我在这样的环境下看书或写作，有时真的感觉不到这些声音的存在。包括我写这本书时，我家邻居正在装修，但这并没有对我有什么影响。"心到"的关键在于静心，心静了，什么环境都可以专心读书的。

还有，古人读书讲究"三上"，即枕上、途上、厕上。说的都是一个道理，就是要充分利用一切可能的时间读书。尤其是现代人生活节奏快、功利性比较强，很容易心浮气躁，每天的时间都不够用，哪有心情去读书。那好，你如果有此无奈，这"三上"的功夫就派上用场了。你再忙，总得睡觉吧。在床头柜上放几本书，临睡前看上十几二十分钟，总不是什么难事吧；你再忙，总得上厕所吧。在那里也放上几本书，如厕时看上几页，也不算什么难事吧。千万不要小看这"三上"，日积月累，一年也能看上十本八本书的。这就叫"开卷有益"。在现实生活中，这些零碎的时间到处都有，关键是你想不想读书，会不会读书。没时间不是理由，更不能以此原谅自己不读书。

这"三上"中，途上的时间所占比例最大，也最值得利用。凡是去过欧美国家或日本的人都会看到，在公共汽车、地铁里，到处可见读书的人，打瞌睡、聊天的人很少。反观我们自己，在乘坐交通工具时读书的人很少，打瞌睡、聊天、闲坐的人比比皆是。乘市内交通工具，少则十几分钟，多则个把小时，如乘飞机火车，少则一两个小时，多则十几个小时，就这样白白浪费了，让人看了实在可惜。国家每年的阅读调查都显示，国民的平均阅读率不过几本书，摊到十几亿人中，又有多少人每年一本书都不看。这与欧美国家和日本相比，差距很大。在我看来，这个数字比GDP掉下几个百分点还要可怕，因为它反映的是国民的整体素质。一对从来不读书的父母，他们所给予子女的影响，又会有多大的益处。这么一代一代的下去，除了那些快餐文化，我们的子孙真怕不知书为何物了。

有人说，我天天开车上下班，总不能让我一边开车一边看书吧。这我就要提到日本的一位老朋友，他是个很有名气的学者，家里有两部车，但他除了双休日和家里人去郊外，上下班从来不开车。我去日本和他合作搞课题研究，他也从来不开车接送我。我曾好奇地问过他为什么不开车，他说乘地铁可以看书。近两年，国内也有一些年轻人不开车上下班了，我有位同事就这样。我问他最近怎么不开车了。他说乘公共交通可以看看书、思考一些问题。我听了心里非常高兴。但愿有更多的年轻人加入到这个行列。

顺便说一句，无论看书不看书，聊天都是很好的学习方式，只要是个有心人，很长知识、很长学问的。宋代张孝祥就有诗云"谁知对床语，胜读十年书"。后来慢慢演化为"听君一席话，胜读十年书"。大家在一起聊天，你一言我一语，常常会碰撞出智慧的火花，或说出一些很有思想、很有哲理的话，或讲出一个很好的创意。如果你没有这个心，这些很宝贵的东西就过去了。我的习惯是，每次聊天回家后，都要把大家聊出来的好思想、好创意记下来，有时是一句话，有时是一件事，有时是一个创意等。工作中遇到了困惑，就去看看这些笔记，还真的能给我很大的启发。因为一个人在家想破脑袋也想不明白的事，往往会在聊天中碰撞出来。确实是个不容忽视的好办法。

退 休

轻狂少壮几轻晨，雪染桑榆业已贞。
掩卷三槐天界远，垂帘五柳伴薪门。
清风散发澄余滓，戏水云山浪里吟。
静品蓬莱千味酒，拂须笑看后来人。

离开你

在离开你的日子里，
我的心，
犹如一片浮云，
在寂寥的时空中，
孤独地，
回味着，
那温暖的依偎。

在离开你的日子里，
我的魂，
犹如一缕春风，
拥抱着初生的嫩柳，
默默地，
思念着，
那醉人的热吻。

在离开你的日子里，
我的身，
犹如一束玫瑰，
满怀着沁心的芬芳，
悠然地，
翘望着，
那昔日的追寻。

秋

秋，来了。
我依然眷恋，
春的勃发，
耕耘，
还有那绿的盎然。
秋，也将离去。
我依然眷恋，
秋的厚重，
收获，
还有那梦的灿烂。
我期待着，
寒冬过后，
那曾经的激情，
再次点燃。
还有那悠悠的眷恋。

新的起点

　　退休给人的体会是复杂的。既有解脱与轻松，也有留恋与不舍；既有彷徨之感，也有壮志未酬的遗憾。所以我退休后，一口气写了三首诗。

　　其中《七律·退休》，主要表达我的解脱与轻松之感，四十多年的工作担子与责任，终于卸了下来，无须再为单位的运行、收入和安全而苦心了，也没有了那些无奈的应酬和半夜电话铃响的心惊，全部时间都可以自己支配了。《离开你》，主要表达了我对工作过的单位和同事们的留恋与不舍，每每想起，心里都是暖洋洋的，特别是领导、同事对我的理解、宽容、帮助和支持，更是充盈在心灵的每一个角落，让我充实而自信。《秋》，主要表达了我退休后的人生态度与选择。只要是身体允许，还是要为社会做点事的。区别仅在于方式与途径的不同而已。

　　以我现在的感受来看，退休只不过是人生旅途中一个阶段的结束，这同时也意味着一个全新阶段的开始，一个新起点的生成。关键是如何调整和规划好自己的新阶段。其实这和我们年轻时，还没有找到工作的感觉是一样的。选择与彷徨、多样与茫然、追求与失落、向往与苦闷，多种心绪交织在一起，纠缠不清，往往会有一个心慌意乱的过渡阶段。可是当我们找到了适合自己的落脚点和出发点，确定了人生新阶段的方向和路径，这一切便会荡然而去，一个全新的自我又诞生了，退休后的全新生活也就开始了。

我是五十八岁那一年，开始规划自己退休后生活的。在那大半年的时间里，我和其他退休人员一样，也经历过茫然和彷徨。我可以申请退居二线再多干几年，正像很多老同志那样，组织上会理解的；我退休后也可以受聘去其他单位，讲讲课，当个顾问什么的，收入也不会太少。也可以在组织批准的基础上，自己办个公司，做点小生意。不求赚钱，乐在其中等等，会有很多选择。而人生的奇特之处就在这里，人生的苦闷与彷徨，并不在于没有选择，而在于可供选择的机会很多。人在没有选择余地的时候，心里是安静的，忍受力是很强的，反正就是这样了，也就没有了苦闷和彷徨。相反，如果有很多机会可以选择，你就会反复掂量斟酌，权衡利害得失，看这个不错，瞧那个也挺好，心里必然就起了波澜，到底选哪个的苦闷和彷徨也就会随之而来，这时反而不会选择了。越无法选择，就会越难受，时间一长，疾病就会找上门来。等你最终选定了，往往又力不从心了，只能躺在病床上继续苦闷和彷徨。

幸运的是，我很快便从彷徨中走了出来。我给自己定了两条原则：一是按组织规定时间退休，一天不多干，更不退居二线。所以我是在六十岁生日那天退休的。二是做一些自己喜欢、个人所长和力所能及的事，不定目标、不作规划、不求回报，就是为人生的充实与快乐。对于这些事，想做了就做，不想做了就放下，不勉强自己。这是原则。那么，退休后究竟应该做点什么呢？我是这样安排的：

每周拿出一天时间和孙子孙女在一起。这一天什么事都不做，所有的思考都放下，清空自己的头脑，放松自己的身心，全心全意地和孙子孙女一起玩，比如搭积木、拼图板、藏猫猫、玩电动车、抛飞碟、听音乐等等。孙子最喜欢的就是抓俘虏了。当然，这个时候当俘虏的只能是我了。我先藏在一个地方，孙子拿着枪找到我时，我必须装作很害怕的样子，连说"我投降、我投降"，然后我得举着双手走在前面，孙子拿着枪跟在后面，在屋子里走上一圈，或回身再反缴孙子的枪，这时候祖孙俩就会抱在一起大笑不止。一天下来，往往是浑身大汗，却也是乐此不疲。和孙子孙女在一起，我从来未想过，也未设计过什么教育问题，我也从不教孙子孙女背什么唐诗宋词，更不会强迫他们做任何他们不愿意做的事。因为我一直认为，自主的玩就是最好的教育，就是最好的成长。孩童对外界的认知、对事物的理解，大都是在自主的玩中形成的，而不是教出来的。有多少人在孩童时唐诗倒背如流，英语出口成章，什么钢琴、舞蹈、体育，可是等他们长大了，这些又能记住多少，能成为钢琴家、舞蹈家、文学家和体育健将的又有几个。当然，我并不是反对这样做，关键是因材施教。而在孩童时段，玩是主要的。

每周拿出三四天写书。我从1978年开始当教师，后来又搞研究，积累了不少资料和素材，也有一些想法和思考。

只是退休前工作忙碌，静不下心来，也没有整块时间，只好放下。此前虽然也参与编著了几十部书，但那大都是工作方面的，真正属于自己思考和研究成果的书，却没有几本。现在退休了，时间也可以自主支配了，就想重操旧业。从内心追求来说，我写书（包括这本）并不是为了赚点钱或炫耀自己的本事，更不是为了什么贡献，因为我的能力还达不到这个程度。我写书就是为了活得充实与快乐，也给子孙留下点东西。因为我一直认为：人的一生"活在思想中，乐在思考中"；是最幸福的、最充实的。那种感觉如不亲身体验，是无法想象的，有时连自己都说不清楚，但它却是那样的真实、那样的充盈、那样的强烈，以至于让你废寝忘食、欲罢不能。但这种幸福和快乐并不是上帝赐予你的，也不是别人给你的，抑或它并不需要什么特别的条件。这种幸福和快乐就在你的手中，就在你的头脑中，只要你愿意，幸福和快乐随时都会来到你的身边；如果你能坚持，这幸福和快乐将会伴你一生。

这些年我一直在关注和研究两个课题：一个是关于易经的哲学方法论，想尝试着写点东西。这方面的书，我看了也有百十多本，古人写的、今人写的都有，绝大多数是卦爻的解释或注释。近年来也有学者开始从易经中跳出来，用易经的原理讲解人生或分析事物，但总体上还是按照卦爻的结构进行的。尤其令人痛心的是，一些所谓的大师、神算把易经搞得声名狼藉，似乎易经就是一本算命的书、看风水的书，到处骗人骗钱。也有些人不分青红皂白，完全站在今天的立场、以今天的眼光，对易经大加批判，视为迷信糟粕。

从本源上说，易经确是一部占卜用书，但它也确实不仅仅是一部算命用的书，它和"推背图"、"麻衣相"、"风水学"、"冰骨鉴"等算命书，有着本质的不同，这些书我都与易经对比着看过。虽然有的书也打着易经的旗号说事，但却不能混为一谈。

从功能上看，易经是一部国家大事决策的辅助工具书或参考书，其占卜过程不仅有专司官员执行，而且也有严格的规定程序，是相当庄重的。在古代，占卜就是决策者的求证过程，而这一过程如果没有相应的方法论支持，是不可想象的。要知道，古代国家大事的决策，并没有我们今天那么多信息，不要说国家与国家之间的信息，就是对一国治下的信息，也是相当缺乏的。更没有我们今天那么多的决策工具和科技手段，甚至连纸张和毛笔都没有。在这种条件下，决策者要做出某种选择的时候，就必须依靠某种工具和方法论来提供支持，就需要某种规律性的意见作为参考，而不是结论。这恰恰是易经的主要功能。

看过易经的人都知道，易经不仅为决策者提供某种事物的判断性意见，如吉凶悔吝等，而且更多的是为这个判断提供了生动的方法论依据，这些方法论依据就存在于各爻之中。所以，在六十四卦中，没有绝对的吉，也没有绝对的凶，而是吉中有凶、凶中有吉，吉凶是变化的，也是相互转化的。其哲学方法论价值是相当丰富的。这表明，易经本身就是那个时代的人们，对自然规律和人类社会发展规律的总结和概括，就像当今中外的众多哲学著作一样，因为只有规律性的东西，对决策者才具有现实的意义。

还有一个课题，就是内容产业的构建与发展。由于通信技术和信息技术的迅猛发展，大量多样的新媒体应运而生，发展很快，大有取代传统媒体之势。于是国内外关于"传统媒体已进入寒冬"、"传统媒体几年消亡"的呼声不绝于耳。我承认，新媒体的发展已经并将继续对传统媒体产生重大影响。但这种影响，并非像我们想象的那么简单和快速。因为任何变化着的事物中，都必然会有某些相对不变的东西；而这些相对不变的东西中，又孕育着必然变化的因素。在一定的时空条件下，既不可能发生绝对的、完全的、彻底的变化，也不存在绝对的、永恒的不变。就拿媒体来说吧，新媒体带来的是媒体形态、传播渠道和阅读方式的变化，但内容为王的根本并没有。只要是媒体，就得有内容；没有内容，就无所谓媒体。无论内容如何呈现，也无论是什么样的内容，内容决定一切的本质没有变。反过来看，虽然内容为王的根本没有变，但内容的要素结构、内容产品的多样性和时代性，却正在并继续发生着巨大变化。同样的内容，我们可以通过报刊电视了解，也可以通过网络、手机掌握。

　　把这些"变化中的不变和不变中的变"归结到一点，就是对内容产品的需求迅猛增加，而这种巨大而广泛的社会需求的持续增长，必然会催生一个全新的产业——内容产业。因为人们缺少的不是信息、不是渠道，也不是技术，而是经过精心设计和制作的内容产品。就像当初电影和电视剧发展起来那样。要充分满足这种巨大的社会需求，实现国务院提出的"促进信息消费"的目标，我们就必须从整体上改革内容生产方式、提高内容生产能力。

从现实状态看，内容生产力的主体并不在新媒体手中，而是在传统媒体手中。但问题在于，传统媒体现有的内容生产方式，依然是一家一户封闭的运行模式，其主要目标是满足本媒体的需要，溢出的内容产品则大都被束之高阁了。也就是说，新媒体对内容的需求巨大，而且持续增长，但却严重缺少生产能力或生产资质；而传统媒体的生产能力严重过剩，却找不到相应的市场价值。这二者之间的矛盾，事实上已经给出一个答案：这就是传统媒体打开大门，构建社会化的内容生产方式，全面与新媒体合作。其中一些有条件的传统媒体，可以由单纯的出版商向内容生产商和供应商转变，打造内容产业的龙头企业或骨干企业，引领内容产业的构建与发展。在此基础上，国家应当构建全国统一的内容市场规则，打造国际化的内容产品网上交易平台，引导和促进传统媒体以及自媒体的内容产品，进入市场，实现网上交易。这不仅会极大地促进传统媒体转型和内容产业的发展，优化和丰富新媒体的内容结构，更重要的是，也为国家有关部门对内容产品的审核和监管，提供了市场化和集约化机制。

好了，说到这每周还有两三天做什么，那就是参加社会活动。比如参加个研究会、论证会、讲讲课什么的。这其中，我比较感兴趣的是园区经济问题。这些年我走了不少经济开发区、高新技术开发区、物流园区等等，名目繁多，不一而足。也作了一些研究。其中有蓬勃发展的，有不死不活的，也有一片荒凉的。但从整体上看，已呈现出重复、过剩和不可持续的端倪。一家世界五百强企业，可以在十几家高新区建厂，而几十家高新区又去争夺某一家企业，而市场就那么大，且多数已达饱和状态，产能过剩就成为必然。这无论是从资金链，还是资源链、市场链上看，都是不可持续的。因为决定性因素不在于园区有多少，而在于市场需求有多大。

从另一方面看，需求巨大且日益增长的现代服务业，却尚未进入大多数决策者关于园区建设的视野，更没有成为大多数投资商和开发商关注的重点。于是，我和一些同样感兴趣的朋友，开始了现代服务业园区建设与发展的研究，居然也完成了几个像模像样的园区设计方案。当然，我们做这些纯粹是自娱自乐，并不想卖给谁使用，也不在乎其结果如何，而在于过程的享受。还是那句话，"活在思想中"、"乐在思考中"，真的很幸福！